Das Wirtshaus

Beinwiler Geschichten

Mas Fleissiges in Erinnerung an die nicht ganz leichten aber doch schönen alten Zeiten gewidmet

Darius

April 00

Darius Weber

ISBN 3-9520991-1-2
© 1998 Alban Treuhand Verlag AG, Basel
Druck: AG Buchdruckerei Reinach
Einband: Buchbinderei Grollimund, Reinach

VORWORT

Jeder kennt das Wirtshaus im Spessart, wo die Wirtin böse Augen rollt, wo die Schwarztannen bei Tage das Licht wegnehmen, wo die Fenster vergittert sind und es ausser grauem Altbrot keine Zehrung gibt. Wo nachts die Kerzen zu brennen sich weigern, wo die Räuber die Räuber berauben. So verrufen ist der Ort, dass es mich schaudert!

Wie hell und wie licht erwartet uns dagegen das Wirtshaus im Seethal! Seine Fenster blicken der aufgehenden Sonne entgegen und alles ist offen. Man komme, man gehe, jeder wie er will. Unter der freundlichen Leitung der Wirtsleute gedeiht hier auch die ländliche Küche zum Genuss. Das Gemüse, der Salat, sie kommen aus dem eigenen Garten, die Rauch- und Blut- und Leber- und Brat- und anderen Würste vom eigenen Schwein, das Brot aus dem eigenen Ofen.

Aber im Spessart wurden Geschichten erzählt. Wie ist das nun im Seethal? Tretet ein! Tretet ein! Ihr sollt Euch dessen nicht gereuen!

Darius Weber

Da ging ich unlängst auf ein Bier in dieses Wirtshaus zum Seethal, man kam ins Gespräch und nun kratzte sich einer am Kopf, der Wirt selbst war es, und er berichtete:

Der Zwetschgendieb

Die älteren Schüler mussten in die Gartenarbeit eingeführt werden. Dazu unterhielt die Gemeinde beim Schulhaus einen Pflanzgarten. Unter der ebenso kundigen wie strengen Aufsicht des Oberlehrers Knecht waren da die Jünglinge zu Werke: Sie gruben, hackten, schnurzirkelten, rechten. Da wurden Beete abgemessen, Pfade ausgeschaufelt, Mist zugeführt, Steine ausgeworfen. Man übte mit Salat, mit Kohl und Kabis. Kartoffeln kamen in den Boden, Kartoffeln kamen aus dem Boden. Tomaten gediehen und Gurken. Erbsen und Bohnen wuchsen in die Höhe, rote Rüben in die Tiefe. Kohlrabi, Randen, Sellerie, Sellera, Sellerallala, Blumenkohl, Krautstiele, Spinat - was wollt ihr noch? Alles war da zu Nutz und Lehre hübsch in Ordnung und wenn es trocken war, gingen die Schüler zwischen dem Schulbrunnen und dem Schulgarten mit den Wasserkannen hin und her. Eine Freude war das alles, nicht zuletzt auch für den Oberlehrer Knecht, der all diese Salate, Knollen, Gemüse dem eigenen Haushalt zuführen durfte. So wollte es das Schulreglement und auch die Zwetschgen vom Bäumchen gehörten dem Lehrer, süss wie

1

sie waren, dunkelblau, steinlöslich, wurmlos und frühreif.

Ein Knabe namens Max war zehn Jahre alt und turnte am Reck auf dem Schulhausplatz. Da trat ein anderer, etwas älterer Knabe dazu und sagte nach einer Weile: «Gut turnst du Max. Kippe, Handkehre, Felgaufschwung. Du wirst jetzt Durst haben. Iss von jenen Zwetschgen.»

«Da darf man keine nehmen. Die gehören dem Oberlehrer Knecht.»

«Schon. Aber jetzt will er sie nicht mehr, sie sind ihm verleidet. Jeder soll nehmen, bis keine mehr da sind. Nimm!» Dies sagte der Knabe Hansruedi und Max nahm eine gute Handvoll von den Zwetschgen, obwohl er von einem Bauernhof kam, auf dem es genügend Obst gab in jeder Art, auch Zwetschgen die Fülle. Aber da hingen gerade reife Zwetschgen in nächster Nähe und tief an den Ästen. Max, der Bauernsohn, nahm sich, was er eben verzehren konnte, eine Handvoll, zwei Handvoll, was weiss ich, was so ein gesunder Jungturner verzehrt. Es mag wohl ein halbes Pfund ausgemacht haben, was da der knechtliche Baum von seiner Ernte verlor. Nicht eine einzige Zwetschge ass indessen der ältere Knabe Hansruedi. Er möge Steinfrüchte zwar gern, aber seinem Magen seien sie unverträglich: Die Zwetschgen, Pflaumen, Kirschen, Mirabellen, Reineclauden, Tierchen, Aprikosen, Pfirsiche – alles dieses bereite ihm Durchfall, wie eigentlich auch schon nur das Zuschauen hier. Hansruedi ging nach Hause.

Es geschah schon am darauffolgenden Tag, dass der Oberlehrer Knecht in die "Wirtschaft zum Seethal» kam, wo er gerne einen Dreier Malanser zu sich nahm, gewissermassen zur Abfeier des Tages. Wir wissen, dass des Bauern Bösiger Sohn Max hiess. Wir wissen um seinen unschuldigen Zwetschgenverzehr. Wir wissen auch, dass die Gastwirtschaft «Seethal» zum Bauernhof der Bösigerfamilie gehörte und wir können uns vorstellen, dass der wackere Vater Bösiger zu eben jener Zeit in der Wirtsstube sass, als der Lehrer Knecht eintrat und sofort auf die Sache losging: «Dein Bub Max hat von meinen Zwetschgen gestohlen.»

«Das kann doch nicht sein! Wir haben hier selbst ganze Zentner von Zwetschgen. Was soll er da einige dazustehlen.» So der Wirt und Bauer Bösiger. Er rief den Knaben Max: «Hast du Zwetschgen vom Schulgarten genommen?»

«Ja, aber ich habe gemeint...»

«Du hast überhaupt nichts zu meinen!» Und Max wurde an den Ohren in die Küche gezogen und dort für seinen Diebstahl tüchtig ausgeschmiert. So vaterländisch ging es damals in der Erziehung noch zu. Das sei falsch gewesen, sagt man heute. Aber aus Max ist ein guter Bauer, ein guter Wirt, ein guter Ehemann, ein guter

Vater und ein einigermassen brauchbarer Soldat geworden.

Dann fragte der Vater Bösiger den Lehrer, wie er auf den Frevel gekommen sei. Der Oberlehrer Knecht war stolz auf seine Pfiffigkeit, als er erzählte: «Ich hatte schon eine Weile das Gefühl, mir kämen da Zwetschgen weg. Aber wer mochte der Dieb sein? Da versprach ich demjenigen unter meinen Schülern fünfzig Rappen, der mir den Dieb entdecken würde. Das hat dann einer getan und der Dieb war dein Sohn. Ja, jetzt hat er seine Strafe und es wird ihm hoffentlich eine Lehre sein.»

Die Tür zur Küche war offen geblieben. Max hatte alles gehört. Ein verdammt durchtriebener Bursche war jener Hansruedi vom Sand gewesen. Um fünfzig Rappen zu verdienen musste er einen Dieb beibringen und um einen Dieb beizubringen überredete er Max zur Tat.

So hatte der Wirt berichtet und er war, so wahr es ein Wirtshaus zum Seethal gibt, jener angeführte Max selbst gewesen. Der Oberlehrer Knecht indessen gab zu weiterem Nachdenken Anlass und einer, der einen schwärzeren Schnurrbart trug, als es hier allgemein Sitte und Vererbung war, erzählte wie folgt:

«Ein wohlanerkannter Mann im Dorf ist jener Lehrer Knecht gewesen. Gewaltige Augustreden hielt er in bösen und in guten Jahren neben dem grossen Feuer.

Aber auch im kleinen galt er etwas und sein Wort fand Wirkung. In dieser Wirtschaft war es, ja, in dieser Wirtschaft, ums Jahr Achtunddreissig herum, da stand indessen sein Ruf in Gefahr um eines kleinen Hündleins willen, das

Fido

hiess. Der Oberlehrer Knecht hatte ein Tierlein bekommen, ein kleines Hündchen, ein schmächtiges, armseliges Geschöpf. Aber in aufmerksamer Dressur sei doch die Anlehre zu Wohlverhalten und Gehorsam gelungen. Oberlehrer Knecht sagte es so, und sein Beruf war der des Lehrers. Ob Menschenkind, ob zerzauster, grauer Schnauzer-Terrier-Dackel-Mops, wenn Oberlehrer Knecht lehrte, dann war da zu lernen.»

So sagte der Schwarzschnauzige, der selbst noch zu Oberlehrer Knecht in die Schule gegangen war, bevor es ihn über die Grenze zog und dort in die Fremdenlegion. Man weiss warum, aber das hat nichts mit dem Hündchen zu tun, das Fido hiess und talauf, talab das folgsamste Tierlein war, das je ein aufrechter Mensch gesehen hatte. So jedenfalls äusserte sich sein Meister selbst, der Oberlehrer Knecht. Aber wir sind wieder in die Erzählung des Schnauzbartes hineingeraten, die ihren Fortgang in dieser Weise findet:

«Das Hündchen Fido sass ganz hinten in der Wirtschaft, vier Tische von dort weg, wo der Lehrer Knecht seinen Dreier trank, es mag Kalterer gewesen sein, vielleicht auch Magdalener, vielleicht Malanser. Mit mehreren Leuten sass Knecht am Tisch und konnte seinen Zögling dort hinten nicht genug rühmen. Nie habe man ein gelehrigeres, aufmerksameres, folgsameres Hündchen gesehen als eben jenen Fido. Dort hinten sitze er, der Fido, und man sehe ihm seine Intelligenz und seine Folgsamkeit gar nicht an. Und der Lehrer Knecht rief: «Fido, komm!» So rief er. Aber der Hund drehte weder seinen Kopf noch wurden andere Zeichen von Gehorsam ersichtlich. Seitwärts blieb der Kopf gedreht. Ins Leere, gewissermassen, denn auch da sassen keine Leute, da war keine Wurst.

«Fido, hierher!» rief der Oberlehrer Knecht. Fido bewegte sich nicht, drehte auch sein Köpflein nicht.

«Fido, nochmals, komm!» Keinen Wank tat das Hündchen. Dem Lehrer zuliebe, dem Lehrer zuleide, das Hündchen tat nichts! Die Ehre des führenden Ortspädagogen stand auf dem Spiel. So rief er nun, scharf und deutlich: «Fido, so bleib, wo du bist, aber gehorchen musst du!»

Fido blieb, Fido gehorchte, der Respekt in den Oberlehrer war nicht erschüttert worden.

«Warum bist du eigentlich damals in die Legion gegangen?» fragte Kari Dambach, der mit seinem dünntönenden Velosolex herangefahren war. Den Ton hatte man erkannt aus allem andern Lärm heraus. Der Dunkelschnauz gab nicht Bescheid. Aber Kari sagte es ihm auf den Kopf zu: Angst hast du gehabt, hierzubleiben, bleiche, blanke Angst. Denn der Vater jener Yolanda wollte dich erschiessen, weil du dem Töchterlein im oberen Kirchweg beim Eindunkeln zugriffig geworden bist!»

«Nichts ist geschehen, niemals nichts! Sie hat mit dem Schirm auf mich eingehauen und dann die Geschichte dem Vater erzählt. Er wollte mich wirklich erschiessen, hier in diesem Wirtshaus sagte er es vor allen Leuten und den Revolver hat er gezeigt, ein Unding mit Trommel und Patronen. Nie war ich in der Legion dem Tod so nahe.» Aber dem Schnauz war es ungemütlich geworden, obwohl jene Yolanda schon längst bei anderen ihr Schicksal gefunden hatte. Drei Kinder solle sie bereits haben und noch keinen einzigen Vater dazu. Aber der Schnauzbärtige blieb, wütend nach all den Jahren, immer noch wütend. Monatelang kam er nicht mehr in dieses Wirtshaus zum Seethal. In andere ging er, in Wirtshäuser in anderen Tälern. Aber da war es ihm nicht wohl und endlich kehrte er wieder zurück, weil er wusste, wo er hingehörte.

Selten traf man im Wirtshaus zum Seethal einen gewissen wohlbegüterten Mann an, der schon seit Jahr und Tag nicht mehr arbeitete. Wozu auch? Er hatte seine Fabrik gut verkauft und brauchte keinerlei Geschäften mehr nachzugehen. Nennen wir ihn Herrn Robert. Seine Aufmerksamkeit galt an regnerischen Tagen den Briefmarken, an sonnigen hingegen dem Garten, den er hemdsärmelig aber in Weste und Strohhut beging, gefolgt von einem alten, von Jagdschrot schwer geschossenen Dackel und gefolgt auch von der weiblichen Haushalthilfe. Ihr galten seine Weisungen, wie dies und jenes nun zu tun sei, auch, was da alles schon falsch angefasst wurde. Nur eine einzige Sache hatte Herr Robert seinerzeit eigenhändig verrichtet. Ihm war nämlich aufgefallen, dass alle Bohnen immer

rechts herum

die Stangen hinaufkrochen. Da versuchte er mit Anheften und Zwang, sie zum Linkswuchs zu bringen. Das misslang aber und sie gingen ein. Herr Robert prüfte nun die Erbsen auf die gleiche Weise. Aber auch sie waren nicht linksherum zu lenken. Auch die Erbsen standen lieber ab, als sich anders als nach rechts zu wenden.

Ein Naturforscher hätte sich mit diesem Ergebnis zufrieden gegeben. Nicht so der zur Philosophie neigende und ansonsten im Ruhestand lebende Herr Robert. Er folgerte aus seinen Experimenten und wiederholte es bei jedem seiner spärlichen Wirtshausbesuche: «Jedes Abdrehen nach links ist verderblich. Das lehrt uns die Natur.» Stets sagte er dies laut und deutlich, damit es durch die ganze Stube drang. Nie hat ihm jemand widersprochen. Es heisst sogar, einige Sozialdemokraten im Dorf hätten das Experiment in aller Stille nachvollzogen. Da aber selbst in solcher Hand linksherum nichts gedieh, blieben die Ergebnisse unverkündet. Einer oder zwei von diesen Nachprüfenden hätten aber die Irrlehre ihrer Partei eingesehen und von jetzt ab bürgerlich gewählt.

Ein seltener Gast war auch ein gewisser Hiesiger namens Daniel, den das Schicksal aus dem Dorfe weggeführt hatte in eine gänzlich andere Gegend. Aber wenn er es einrichten konnte, kam er dann und wann vorbei, hörte zu und erzählte selbst. Wie war das schon wieder mit der Division in Sarmenstorf?» fragte man ihn, denn die meisten kannten die Geschichte schon längst. Aber wie eben die Kinder immer wieder die gleichen Märchen hören wollen, so will der erwachsene Mensch auch immer wieder die gleichen Wahrheiten hören. Also erzählte jener Daniel, der es bei der Armee weiter gebracht hatte, als es ein getreuer Mann vom Lande eigentlich hätte bringen sollen, also dieser Daniel räusperte sich, nahm noch einen Schluck Bier, bestellte vorsorglich eine neue Flasche und hub an:

Die Division in Sarmenstorf

Grosse Manöver! Mama mia! Alles in Aufregung bei der Grenz-Division 5! Am aufgeregtesten der kommandierende General! Es darf nichts schiefgehen! Wir wollen als Sieger aus diesem Kampf hervorgehen, auch wenn es nur ein friedlicher Wettstreit ist!

Sie sehen: Alles Ausrufzeichen und neben dem nervösen General sein nervöser Stab. Ein junger Hauptmann war ich da, gut ausgebildet und von unseren harten Schulen und in manchen Übungen als Spezialist für Verschiebungen und Transporten geschliffen. Wir sassen in einem Dispositiv beidseits der Aare, die Fühler dem Rheine zu, woher der Manövergegner zu erwarten sei. Da hatte sich in den Engnissen und an den Übergängen unsere Infanterie festgeklammert. Da sassen seitwärts im unwegsamen Gelände abgesetzt die Eingreifverbände. Da lagen wohlgerechnet die Feuer unserer Haubitzen und Kanonen. Die schweren Minenwerfer würden ihr Übriges tun, nicht um den Gegner zu vernichten, wohl aber, um die Schiedsrichter von seiner allfälligen Vernichtung zu überzeugen. Im sich öffnenden Rückgelände hinter dem Jura standen unsere spärlichen Panzerrudel. Klug hatten wir die Versorgungseinheiten hingeordnet, die Sanitätsformationen basierten auf den zivilen Spitälern. Was will ich noch erwähnen, ausser den wichtigen Genietruppen. Sie hielten mit Pionieren, Sappeuren und Mineuren die Aareübergänge offen. Von dort her kam aus dem Süden unser Nachschub, dorthin musste unser Rückschub erfolgen. Ein schönes Dispositiv war das, unser aller Stolz.

Aber wir Generalstabsoffiziere dachten voraus. Wie soll die Übungsleitung mitten im Frieden den Gegner über den Rhein ansetzen? Die Manöver konnten doch nicht im Ausland beginnen! Also war vermutlich mit einer

Änderung der Lage zu rechnen, mit dem Befehl zum Rückzug hinter die Aare. Also planten wir für diesen Fall, und ich selbst plante dafür die nötigen Verschiebungen und Transporte. Dem General legte ich das Konzept vor, er war mit meiner Lösung zufrieden. So würde es dann geschehen, wenn... Ich machte mich an die Ausarbeitung der Einzelheiten. Strassenpolizei da und da, Einweisposten dort und dort, Marschstreifen, Fixpunkte, errechnete Zeiten ab Befehlsstunde Null.

Der höhere Befehl kam wirklich herein und lautete wie erwartet: «Rückzug hinter die Aare, neues Dispositiv im Raum zwischen Brugg und Olten und Dagmersellen und Hochdorf und Fenkrieden, dann Lauf der Bünz, exklusive Wohlen. Die neue Lage war unschwer zu erraten gewesen. Meine Planung bedurfte nur geringer Anpassungen. Aber da war nun infolge der vorausgehenden Untätigkeit im Manövergebiet alles auf dem Kommandoposten versammelt, was an direktunterstellten Truppenführern Rang und Namen hatte. Und einer davon, der Oberst des Genieregimentes meinte: «Wir brauchen keine organisierte Verschiebung. Alles ist in diesem Falle viel einfacher. Sie befehlen, Herr Divisionskommandant, die üblichen Nachhuten. Das Gros aber lässt sich einfach auf die Aare zurückfallen. Mein Genieregiment fängt die Verbände auf und weist sie je nach den Gegebenheiten auf die geeignetsten Zivilbrücken, Kriegsbrücken und Stege ein. Alles unkompliziert, jederzeit im Griff. Meldesammelstelle ist mein Regiments-KP in Schönenwerd, Kirche.»

Ich warnte den General. Auf diese Weise wüsste er nichts mehr von seinen Truppen, bis sie über die Aare gesetzt hätten und wenn da der Feind dreinführe, hätte er, der General, keine Möglichkeit der Gegenwehr. In seine Weichteile würde der Feind gewissermassen einfallen und seine stolze Division aufreiben.

Dabei gehe es ja um eine kümmerlich kleine Zeit der Unsicherheit, erwiderte der hohe Herr Genie-Oberst. Zwei, drei Stunden und alles sei wieder im Griff, derweil das Konzept des Generalstabshauptmanns, das ja sonst ganz überzeugend sei, ein mehreres an Zeit erfordere. Der Herr Oberst war im zivilen Beruf einer der ganz grossen Bauunternehmer des Landes, ein bekannter Mann des öffentlichen Lebens. Sein Prestige leuchtete über ihm. Was war ich da schon als kleiner Generalstabshauptmann? Der Divisionsgeneral entschied sich für die verblüffend einfache Variante des grossen Herrn. Damit war ich meiner Verantwortung für das Gelingen der Verschiebung enthoben. Die Verbände an Strassenpolizei und Übermittlungstruppen, die ich zur Koordination der Bewegung hatte einsetzen wollen, wurden nicht gebraucht. Ich entliess sie in ihre neuen Standorte hinter der Aare. Mochten sie bis zum Eintreffen der Division im neuen Dispositiv mal einmal eine tüchtige Tüte Schlaf nehmen. Ich schnappte mir einen Fahrer, um mir den einfachen und unkonventionellen Rückzug im Gelände anzusehen. Ein älterer Kollege, nicht im Krieg aber in vielen Manövern erfahren, zog mich beiseite: «Gehe zur Brücke von Biberstein.»

«Warum? Da gibt es viele Brücken und die Genietruppen haben zu Beginn der Nacht weitere gebaut. Unsere Truppenkommandanten nördlich der Aare kennen sie alle.»

«Die Fusstruppen werden sich, wie vorgesehen, direkt auf die Aare zubewegen. Aber ihre Übersetzung war nie das Problem. Einverstanden?»

«Einverstanden.» Die Fusstruppen, die überall durchkamen und über die Gewässer alle Stege benutzen konnten, waren paradoxerweise immer schnell und der höheren Leitung kaum bedürftig. Warum aber gerade Biberstein?

«Die motorisierten Verbände der Sanität, die Panzer, die Artillerie und auch der Tross der Infanterie wählen, da sie ja jetzt frei sind, wahrscheinlich Biberstein.»

Ich begriff. Die grossen Brücken durch die Städte waren wegen des Zivilverkehrs nicht günstig, den Pontonsbrücken der Genietruppen traute man nicht ganz. Waren sie wirklich fertig und betriebsbereit? Man würde eine bestehende zivile Brücke abseits der grossen Achsen vorziehen. Biberstein bot sich an. Ich fuhr nach Biberstein.

Und als die rückfliessenden Verbände kamen, da kamen sie alle nach Biberstein. Es stauten sich die Munitionskolonnen, die Haubitzen, die Kanonen, die Panzer, die

Trossfahrzeuge der Infanterie, die Sanitätsverbände und die zum Schutz des Übergangs nicht eingesetzten Flabtruppen. Alles, was auf Rädern lief, staute sich vor Biberstein. Ein schöner Stau war das, wie an einem Ostermontagabend, wenn alles von Italien durch den Gotthard will.

Auf der Brücke aber stand ein Offizier aus dem Regiment des unkomplizierten Genie-Obersten. Er hatte Befehl, alle durchlaufenden Verbände zur neuen Weiterweisung nach Sarmenstorf zu schicken. Ich gesellte mich zu ihm. Jedes Fahrzeug hielt bei ihm an und man fragte: «Wohin als nächstes?»

«Sarmenstorf», antwortete er.

«Sarmenstorf», hörte ich.

«Sarmenstorf.»

«Sarmenstorf.»

«Sarmenstorf.»

Sarmenstorf ist ein kleines Dorf. Zur Weiterleitung einzelner unter den ungeordneten Rückzüglern durchaus geeignet. In Sarmenstorf konnten weitere Befehle erwartet werden. Sarmenstorf.

Dahin fuhr ich nun auch. Aber ich kam nicht in das Dorf hinein. Alles, was Räder hatte in der Division, staute sich nun dort in den engen Strässlein des Dorfes, verstopfte sie, stand und rollte nicht mehr. Auf der Kreuzung stand ein weiterer Offizier des Genieregimentes. Er hatte als Verbindungsmann einen Meldeläufer bei sich. Die Übermittlung zum Regimentskommandoposten sollte allerdings über das Ziviltelefon gehen, anderes war nicht vorgesehen worden. Aber an allen anständigerweise benutzbaren Sprechmöglichkeiten der Ortschaft Sarmenstorf standen Offiziere, Unteroffiziere und Soldaten, um ihren Höheren zu melden: «Wir sitzen in Sarmenstorf fest.»

In der Tat hatte sich nun die ganze Division, so weit sie Räder und Raupen hatte, in diesem ländlichen Dorf festgefahren. Kleine Geländefahrzeuge wie meines konnten mit Glück vielleicht eine Fahrrinne finden. Die schweren Lastwagen, die Zugfahrzeuge der Haubitz- und Kanonenabteilungen kamen auch im Chaos nicht zu Ruhe. Auf kleinstem Raum versuchten sie, zu wenden. In manchem Einzelfall mag dies sogar gelungen sein. Aber nach wenigen Metern sah sich dann das Gefährt Front an Front mit den neu ins Dorf hineindrängenden motorisierten Kolonnen.

Ich war nur ein Betrachter der gespenstischen nächtlichen Szene, in die jetzt noch ein kalter Nieselregen fiel. Man hatte mein Konzept verworfen. Meine Helfer, eine ganze Kompanie Strassenpolizei und einen Zug Übermittlungstruppen, den Flabschutz, dazu Sanität und freie Transportkapazität hatte man aus meinen Diensten entlassen. Auch ich war machtlos, ein Mann ohne Mittel war ich. Ein enttäuschter Generalstabshauptmann mit einem Jeep, sonst nichts.

Ich begab mich mit meinem Fahrer in den «Adler». Die Wirtsstube war hoffnungslos überfüllt. Niemand bediente diese Menge an Soldaten noch. Der Tabakqualm umhüllte alles beissend, bläulich. Aber wenn jemand ein Fenster in den kalten Regen hinaus aufmachen wollte, kam murrender, knurrender und auch lauter Protest. Der Fahrer beschaffte uns, ich weiss nicht wie, eine Flasche Bier. Dann legten wir uns unter einen Tisch und schliefen vor Übermüdung ein. Zwei Stunden hatten wir auf dem Holzboden gelegen, als wir erwachten. Die Wirtschaft war so voll wie zuvor, der Qualm noch dichter. Wir gingen vors Haus. Das Chaos hatte sich noch nicht aufgelöst, aber unser Jeep stand nun wunderbar vor einer schmalen Durchfahrt, die in einen Baumgarten hinauswies. Wir kamen aus Sarmenstorf heraus. Wir fuhren zum neuen Divisionskommandoposten in Sursee. Da war ein kleiner Teil des Stabes wirklich eingetroffen und die Leute versuchten, sich einzurichten.

Plötzlich kam der General dazu, besorgt, energisch, verlassen von seinen Völkern, die ja mit den zusätzlich Unterstellten an die zwanzigtausend Mann zählen mochten. Als ein einsamer Mann stand er da und stelzte in den Resten seines Stabes herum. Jemand hatte ihm in einem Pappbecher Tee gegeben. Den stellte er auf einen Sims und herrschte mich an: «Sie sind der Generalstabsoffizier Verschiebungen und Transporte. Wo ist meine Division?»

«Sie ist in Sarmenstorf, Herr General.»

Die Geschichte war lang gewesen, aber die Gründlichkeit kann man keinem Generalstabsoffizier austreiben. Und wie sie auf den Stühlen herumrutschten, auf den harten, hölzernen Stühlen, und wie sie da wieder nachbestellten: Eine Flasche Bier, Hallauer, Magdalener, Brestenberger, Most. Und einer weiter hinten, der hatte wenig verstanden als Ausländer und schlecht rasiert war er auch, aber er trug einen gewaltigen Pullover um Brust und Bauch und sein Schnauz war schwärzer und breiter als der des flüchtigen Legionärs, von dem wir noch weiter hören werden. Dieser Mann nun rief: «Wurst! Wurst!» «Ja, ja,» sagte die Wirtin, die ohne Eile in die Küche ging. Vielerlei Würste gab es da: Blutwurst, Leberwurst, Bratwurst, geräucherte Schweinswürstchen, was weiss ich. Alle Würste waren selbstgemacht, das Schwein war hier auf dem Hof aufgezogen und gefüttert worden, eigenes Holz machte eigenen Rauch in der eigenen Räucherkammer, wo auch die Speckseiten hingen. Die Wirtin zum Seethal ging also in die Küche und da sie den Ausländer Emilio kannte, zögerte sie nicht und schnitt Zwiebeln ins brutzelnde Fett, zwei Bratwürste kamen dazu, fleissig gedreht, denn hier in dieser Wirtschaft, da gab es keine geplatzten Wursthäute. Nicht einmal Emilio hätte so etwas angenommen. Hier wurde man verwöhnt, ob schwarzschnäuziger Emilio, ob schwarzschnäuziger Exlegionär, ob langaufgeschossener Operettenfils, ob langatmiger Generalstabsoffizier, ob seltener Herr Robert, ob häufigerer Kari Velosolex, ob Hegihans, der neben den Schuhen ging, ob hochgebildeter Herr Dr. Walter, ob Aeni Zimmermann, ob Fischer Hermann Merz – sie wurden verwöhnt hier, wenn es um die Würste ging. Aber man durfte in dieser Sache weder Margrit zur Eile treiben noch die Würste selbst – gut Ding will Weile haben und wer die Zeit für eine rechte Wurst nicht aufbringt, der soll sich dieser Wurst enthalten.

Emilio bekam seine Wurst. In der Not, den Generalstabsoffizier Daniel an einer weiteren langfädigen Erzählung zu hindern, begann Aeni Roth: «Mein Auto hat einen neuen Auspuff.»

«Man hört es,» sagte Kari Dambach, der Mann mit dem Velosolex. «Streitet nicht, streitet nicht!» Aber Aeni Roth beschrieb seinen Auspuff und seinen kleinen, roten Wagen. Nie hatte Ernst Roth andere Autos besessen als kleine rote. Roth Aeni hiess er, rot waren seine kleinen Flitzer. Er rauchte und redete an seiner Pfeife vorbei, die über seinem markanten Kinn selten aus dem Gesicht kam. Kaum sei der Auspuff in Ordnung gewesen, habe ihn so ein Lümmel angefahren. Im Stutz über Mosen und vor Schwarzenbach. Von der Lüsch her sei der andere gekommen, ein frecher, unbedarfter Lümmel, wie gesagt. Der Zusammenstoss bei geringer Geschwindigkeit habe keinen Leuteschaden bewirkt. Aber auch so sei das noch jämmerlich gewesen. Der rote Wagen des Aeni Roth mit neuem Auspuff habe beide Vorderlampen eingebüsst, die Kratzer auf der Stoss-Stange wolle er übersehen. «Und der Schaden am Lümmelfahrzeug?» Ja, da sei auf der Breitseite etliches entstanden. Die Fahrertüre ging nicht mehr auf. Dieser Lümmel!

Da konnte der Operettenfils nicht mehr an sich halten: «Dann bist du in ihn hineingefahren, nicht er in dich. Zudem kam er von rechts! Was hat die Polizei dazu gesagt?»

«Die Polizei haben wir nicht gerufen. Der Lümmel wollte nicht, hatte wohl auch einen Becher zuviel in sich, dieser Lümmel.»

«Und du, warum hast du die Polizei nicht gerufen? Der «Löwen» in Schwarzenbach mit Telefon und allem ist doch von jener Verzweigung nur vierhundert Schritte entfernt.»

«Ja, wir gingen dann in den Löwen. Jeder übernahm seinen Schaden selbst. Einigung. Angestossen haben wir noch darauf.»

«Du und der Lümmel.»

«Ich und der Lümmel. Ein Lümmel ist doch auch nur ein Mensch.»

Der Generalstabsoffizier wollte nun eine Geschichte erzählen, bei der es auch um eine Karambolage ging, allerdings mit weniger glimpflichem Ausgang. Da habe es am Schluss keinen Löwen in Schwarzenbach gegeben sondern Busse da und Busse dort, dreissig Tage bedingt, drei Monate bedingt. Ausweisentzug. Nämlich im Anschluss an einen strengen Militärdienst...

Aber da zog der Operettenfils das Wort an sich: «Wie schön war es doch damals, als wir zum ersten Mal das «Weisse Rössel» spielten! Das halbe Dorf spielte mit und von weither kamen die Gäste. Aus dem Wynenthal natürlich, aus dem Suhrenthal, aus dem Freiamt, aus dem Michelsamt und von den Städten kamen sie: von Lenzburg, Zofingen, Sursee, Bremgarten, Brugg, Baden, ja Aarau, ja Luzern und sogar von Zürich in organisierten Car-Reisen zu unserem «Weissen Rössel». Aber die Erinnerungen an diese grosse Operettenzeit bedurfte keiner Auffrischung. Was der Operettenfils nun erzählen mochte, war allgemein bekannt und ebenso wenig begehrt wie weitere militärische Erinnerungen des Generalstabsoffiziers Daniel.

So deutete einer auf die weisslichgrüne, steife Krawatte des Erich Weber: «Warum trägst du, zum Teufel, seit Jahr und Tag dieses Ding, sowohl an Sonn- und Feiertagen wie auch unserem heutigen, völlig normalen

Mittwochabend? Und nun antwortete er, der unten am See wohnte und mehr Fische beim Vornamen kannte als Kühe oder Ziegen. Er sprach über die

Aalhaut

Wie folgt sprach er darüber:

Du fängst einen wohlwüchsigen Aal. Mag er die Dicke einer Bierflasche haben. Diesen Aal heftest du, nachdem er tot ist, mit einem Nagel durch den Kopf an die Scheunentür. Nimm das schärfste Messer, das du finden kannst und schneide die Aalhaut hinter dem Kopf ringförmig durch. Es wird dir lange nicht gelingen. Löse nun mit dem Messer da oben ein Stücklein Haut vom Körper ab, auch das ist eine mühsame Sache, aber ein Zentimeter genügt schon. Dieses Stücklein kannst du nun mit einer ganz gewöhnlichen Kneifzange fassen. Drücke nur gut zu, die Haut lässt sich weder zerteilen noch zerquetschen. Jetzt zieh mit Kraft nach unten. Wie ein Strumpf wird sich die Haut vom Beine lösen. Sie zerreisst nie.

Den Aal nimmst du aus und bereitest ihn in kleinen Stücken für die Pfanne vor. Bei mildem Feuer zerfliesst das Fett und wird abgegossen. Die Aalstücke kommen nochmals raus. Man trocknet sie, man salzt sie, man zieht sie durch ein dürftiges Milch- und Mehlteiglein, man führt sie wieder der Pfanne zu, die jetzt aber tüchtig heiss sein soll.

Dieser Aal schmeckt zarter als Kalbfleisch und liegt angenehm unfaserig im Biss. Manche beträufeln ihn mit Zitrone. Ausser Brot und saurem Apfelwein sollte nichts weiteres dazu genommen werden.

Bei diesem Genusse denkst du aber an die Haut. Du gehst hin und schneidest den Strumpf mit einer Schere der Länge nach auf. Das dünne Schwanzende brauchst du nicht, zwacke es ab. Reinige den Balg von allem Restfleisch, lasse ihn drei oder fünf Stunden in einer starksalzigen Lake dauern und schlage ihn dann flach in ein salznasses Tuch. Dieses Tuch legst du nun auf ein Brett, deckst es mit einem weiteren Brette zu und beschwerst das Ganze mit einigen guten, schweren Steinen.

Manche Leute reiben den Aalbalg auch noch mit Alaun ein. Ich kenne diese Leute nicht, ich habe es selbst nie versucht, mögen diese Leute recht haben!

Mit meiner Methode darf die Aalhaut einige Tage in der Brettpresse liegen, bevor man das Tuch neu netzt und die Sache wieder richtet. So geht das an die zwei Wochen. Nehme nun die Haut heraus und spüle sie unter dem fliessenden Wasser gut durch. Trockne sie in kühler Dunkelheit. Am Schluss wird sie zwar nur von mittlerer Geschmeidigkeit sein. Aber das genügt für eine Krawatte.

Ich trage meine Aalkrawatte nun schon seit vierzig Jahren. Nie ist sie ausgefranst. Flecken bleiben nicht haften, man wischt auch Fett mühelos weg. Nie kam diese Krawatte in Mode noch kam sie je ausser Mode. Es ist die beständigste Krawatte, die man sich wünschen kann. Aber schön, das weiss ich, ist sie leider nicht.

Hermann Karrenrud oder Karrenruedi hatte bisher wie meistens geschwiegen. Er war von Natur aus wenig gesprächig, fast ein wenig mürrisch. Aber das macht vielleicht der See. Wenn man da in der ganzen freien Zeit mit einem stillen, grünen Ruderboot über die Flächen zieht, bei Wellengang und Wind, bei glitzergleissender Windstille. Aber jetzt nahm Hermann das Wort gewichtig an sich: Wer da behauptet, einen bierflaschendicken Aal gefangen zu haben, der muss das auch beweisen. Das wüsste man auch nach vierzig Jahren noch und deine Anglerkrawatte aus Aalhaut umschloss nie einen so dicken Fisch. Er mag vier Zentimeter im Durchmesser gewesen sein und siebzig, achtzig Zentimeter lang, alles nach deiner komischen Halsbinde. Für dich war das immer noch ein guter Fang. Jetzt aber will ich euch erklären, wie die Trieschen entstanden sind und da spielt ein wirklich grosser, dicker Aal eine Rolle.»

Karrenruedi war sonst nicht ein Mann, der Geschichten erzählte. Umso aufmerksamer hörte man ihm zu, als er nun von einem besonderen

Aal

berichtete: «Es war ein Aal im Schlamme alt geworden und hatte seine Zeit verpasst. Armdick und fast doppelschrittlang lag er in seinem Fette und frass, was ihm das Wasser zutrug. Die Metzger schlachteten am Montag, da war kein Mangel an Abfallgedärme, Fellfett, Blutrunsen oder halbverdautem Pansendreck. Am Dienstag wursteten sie und was sie an Gekröse und Füllkörner nicht in die Häute brachten, schwamm über den Dorfbach dem See zu. Zweimal wöchentlich reichte das Mulchen des Käsers für einen Doppelzentnerlaib. Die Schotte frassen die Säue, aber wenn man jeweils die Tücher wusch, kam genügend Kleinrinde und Weissnatze heraus, was sich im Wasser mit tausend kleinen, faulen Bissen in Wohlleben fressen liess. Aber da war ein Mehreres an Gutass: Traumtrunkene Grundeln, Plötzchen, Schnecken, tote Mäuse oder Schlaffkröten, es mochte auch einmal eine Steingroppe darunter sein oder ein unbedenklich abgeglittener Bläuling. Aber an Würmer, Bienenmaden, Wesselkringe, Bachlarven, toten Weissfisch, Schweinemilz oder Engerlinge ging der alte Aal nicht. Das waren die Köder der Schläulinge, die ihn zu fangen versuchten. Die alten Fische im See kannten diese Nachtschnüre, gaben ihr Wissen aber nicht an die jüngeren weiter. Denn wer als Jungfrass aus dem Wasser schied, ging auch nicht mehr an die ungefährlichen Leckerbissen, von denen die Alten lebten.

Wieder war ein Jahr vorüber und die grösseren Aale wurden blank oder silbergrau. Sie mussten reisen. Den See hinunter, hinunter das Flüsschen, hinunter den Fluss, zum Strome dann, kleine Rast im Flut- und Ebbewasser, wo man aus Unwohlsein und Drang schon nicht mehr frass. Ins Meer schliesslich, zu Tiefen, die niemand ermisst. Gegen den Strom der See oben, mit dem Strom der See aber in der unergründlichen Tiefe zu einer fernen, riesigen Felsenwanne. Die Weibchen wurden geil, die Männchen zumal. Laich entpresste sich den Leibern, Samen zerfloss dünn in der See. Das Aalleben der Alten war tot, das der Jungen begann. Die Wanderer von den Seen und Flüsschen im rissküstigen Europa, sie wussten von nichts. Die Aale taten, was sie taten, denn darauf waren sie ausgerichtet in der Anlage ihrer Natur. Und wenn ihre Haut blank wurde in den Tümpeln und Wässern ihres fressgünstigen Aufenthaltes oder auch nur grau oder silbrig glänzend, liessen sie sich zu Tale, zu Meere, zu jener unergründlichen, schwarzen, fernen Tiefe tragen.

Der Aal im Tümpelschlamm des Dorfgewässers wollte nicht mehr fort. Jüngere Aale, auch grausilbrig schon, mahnten ihn jährlich zur Reise. Er versteckte sich, um ihrer Zudringlichkeit zuentgehen. Aber Jahr für Jahr setzten ihm die abgehenden Schlangenfische mehr zu. Da beschloss er, seine Aalheit zu verleugnen. Was er nun an weiterer Masse zusetzte, legte er nicht mehr in die gleichmässige Länge oder in die Rundung seiner Form. Er setzte vorne in der Breite zu, am Kopf wie am Leibe. Leichte Grünflecken liess er an Rücken und Seite gedeihen. Den Mund riss er auf, bis er die Breite eines Froschmaules bekam. So fing er jetzt auch grösseres Kramgefische am Grund.

«Ich bin kein Aal», sagte er beim nächsten Auszug der laichrünstigen Wanderlinge. «Was bist du denn, du missbäuchiger Sonderling?» «Ich bin eine Aalquappe, was etwas anderes ist», liess er verlauten. Aber man verlachte ihn: «Aalquappe ist auch Quappaal, Quappaal ist Aal.» So nannte er sich fortan nur noch Quapp, was auch missfiel. Derlei Geschöpfe gebe es im Seicht-sumpfe genug, ganz klein und vorfröschig, dem Wesen des Fisches weit entfernt.

Da auch die Aalquappe nicht verfing, nannte sich der greise Aal nun Rutte oder Rütz. Seine Form war anders geworden. Vorne glich er einem Breitfisch, wie sie auf dem Grunde sich halten, ohne sich allerdings hineinzu-wühlen. Er kroch nicht mehr in Löcher, er ging nicht mehr an Land, um in schwülen Gewitternächten an den Eutern der Kühe zu saugen oder um süsse Erbsen von den feuchten Stauden zu naschen. Er verliess den schlammigen Tümpel und suchte klareren, tieferen Grund, wo die abziehenden Laichaale ihn nicht mehr suchten. Nochmals hatte er den Namen geändert, als Trüsche oder Triesch lebte er sein neues Leben. Zur Ablenkung liess er sich auch Ruffolken nennen, doch hielt sich dieses Alias nicht.

Wir kennen ihn hier als grosslebrige, schwerfängige, zählebige Trüsche. Sie hat sich - wer weiss wie - selbst-ändig fortgepflanzt in ihrer neuen Art. Niemand würde sie anders nennen als eben Trüsche. Und doch ist sie nichts anderes als ein wanderfauler, greiser Aal.»

So blumig und beredt hatte jener gesprochen, der sonst wenig sagte. Aber über die Herkunft der Triesche wusste nur er Bescheid. Nun schwieg er wieder, dieser Hermann Karrenrud, auch Merz genannt. Aber Merz gab es viele, Karrenruedi aber nur diesen einen.

Sie begannen ihn nun zu befragen, woher er das alles wisse und da scheine noch manches unklar oder doch ungeklärt. Aber Hermann vertiefte sich wieder in sein Schweigen und niemand holte ihn da heraus. Emilio hatte seine zwei Würste bekommen und verzehrt. «Wein!» rief er und die Wirtin bediente ihn. Auch Brot verlangte er noch und er bekam es auch.

Der Operettenfils sass da und verkündete jetzt, wie schön es doch ihre Frauen hätten. Zuhause könnten sie in weichen Betten liegen, während hier die Männer nachts um zehn Uhr noch sich auf den harten Holzschemeln herumdrückten. Und dann wandte er sich an den Generalstabsoffizier, der das natürlich nur im Nebenamte war, ehrenamtlich fast. Sein Brot verdiente er in der Privatwirtschaft. «Wie kommt es, dass du als Stadtmensch so braun aus-siehst wie hier nur diese Fischernarren wie Hermann oder der Coiffeur? Überhaupt gleichst du mehr einem Fremden wie diesem Emilio als einem landsässigen Hans oder Fritz oder Köbu» Emilio hatte nur Emilio verstanden und nun rief er «Wurst!» Die Wirtin ging in die Küche. Der Generalstabsoffizier aber sah sich genötigt und erklärte seine

Abkunft

«Unser Geschlecht hatte schon seit jeher ovalere Gesichter als die rundköpfigen Normal-Seethaler. Auch nehmen wir bereits im Frühling eine natürliche Bräunung an, die sich erst im Novembernebel wieder verliert. Unsere Nachbarn indessen laufen zehn Monate des Jahres lang blassgesichtig herum und nur im Juli und August schwitzen sie ungesund aus krebsfleischiger Röte.

Solche Verschiedenheit wird in meiner Familie mehrheitlich mit dem Marschhalt einer römischen Legion erklärt, die im Jahre fünfzehn vor Christus nordwärts durch unsere Gegend zog. Da habe sich ein Zenturion in den fraglichen zehn Minuten des Haltes mit einer gerade in Griffnähe befindlichen keltischen Tochter des Landes vergnügt und sie damit zur Urahne unseres Geschlechtes gemacht.

Diese Theorie ist allerdings nicht ohne Widerspruch geblieben. Meine frivole Kusine Cornelia behauptet, nicht der Hundertschaftsführer Gaius Allius Oriens sondern vielmehr der parthische Lustsklave Analekes aus dem Gefolge des Herrn Legions-Kommandanten habe den fraglichen Sprung getan. Er sei nämlich auf

28

jener Reise schon mehrfach in ähnlicher Weise rückfällig geworden, indem er sein flatterhaftes Interesse statt ausschliesslich seinem Herrn auch etwelchen weiblichen Personen zugewandt habe.

Als Mensch des Ausgleichs habe ich zwischen beiden Theorien vermittelt. Es scheint in der Tat nicht ausgeschlossen, dass sowohl der Zenturion als auch Analekes den Marschhalt zum gleichen Zweck benutzten, und dass aus dem einen Versuch ein männlicher, aus dem andern aber ein weiblicher Spross entstand. Und es verbanden sich die beiden Sprösslinge Trull und Wena nach ihrem Aufwuchs kurz nach der christlichen Zeitenwende. Die Heirat geschah keltisch, die Wallung des Blutes aber kann man nicht anders als südlich nennen.

So entstand unser Geschlecht und es trägt ovale Gesichter und eine bräunliche Haut. Oh Gaius Allius Oriens! Oh Analekes, du Perser!»

Der gelehrte Herr Dr. Walter schwieg dazu. Aber man drängte ihn zu einem Kommentar, dem er nicht ausweichen konnte. Vorsichtig sagte er: «Verbürgt ist die Legion, nicht aber ihr Marschhalt. Von Gaius Allius Oriens gibt es einen Gedenkstein. Der aber nennt nicht mehr als eben den Namen des Hundertschaftsführers.» Und nach einigem höflichen Zögern setzte er hinzu: «Wir können den Rest nicht überprüfen. Wir können auch seine Unrichtigkeit nicht beweisen, es mag so gewesen sein, wie hier unser Daniel sagt, vielleicht auch nicht. Mich würde allerdings interessieren, mehr über diese frivole Cousine Cornelia zu erfahren!»

Jetzt war diese Cornelia plötzlich zum Thema geworden. Der sogenannte Generalstabsoffizier wollte ausweichen. Diese Cousine habe nichts mit dem Wirtshaus im Seethal zu tun. «Und der Marschhalt, zu dem sie Stellung nimmt? Wo war der? Hier war er, oder nicht weit entfernt.»

«Her mit der Cousine!» Auch die Wirtin, die Emilio wieder Würste gebracht hatte, war neugierig geworden. Immer erzähle der Generalstabsoffizier militärische Episoden, wenn es aber einmal um etwas Normales, Ziviles gehe, verstumme er wie ein Fisch.

«Wie ein Fisch,» wiederholte Erich Weber.

«Wie ein solcher Fisch?» Ein Zeigfinger deutete auf die Aalkrawatte.

Der Generalstabsoffizier bestellte ein Bier und sagte dann: «Über meine Cousine Cornelia, die zwar frivol ist, andererseits aber ein verblüffend, gescheites, spitzmäuliges und sehr hübsches Frauenzimmer, über diese Cousine Cornelia werde ich eine einzige Sache erzählen. Die hat sich in ihrer Jugend zugetragen, die berichte ich, und diese Sache muss euch genügen.» Und er erzählte nun von

Cornelia

wie folgt:

Ich sollte verschweigen, dass sie meine Kusine ist. Sie sah älter aus als fünfzehn, als sie in einer Nachtbar sass und mit einem riesigen schwarzen Amerikaner knutschte. Es beobachtete dieses aber der Freund Nepomuk ihres Vaters – was hatte er denn in einem solch anrüchigen Lokal zu suchen, dieser Nepomuk? Aber er rief den Vater an, der Vater geriet ausser sich und erschien wenig darauf in der Bar.

Den Wüstling hatte er sich vornehmen wollen, der seinem unfertigen Töchterlein derart zusetzte. Aber als Cornelias Vater Cornelias Knutschfreund sah, nicht viel unter zwei Metern gross und mit athletischem Muskelkörper um und um, da beschränkte er sich auf die Tochter. Ihr hieb er eine Ohrfeige runter: «Sofort kommst du nach Hause und lässt diesen Herrn in Ruhe!» Sie schrie über alle Massen, denn sie hatte schon damals einen guten Sinn für wirksame Szenen. Das ganze Lokal sah hin und die Musik brach ihr Spiel ab.

Da rief sie in die Runde: «Mein Vater schlägt mich, jeder hat es gesehen!»

«Ich glaube, daran tut er eigentlich gut,» sagte breit lachend der Schwarze und gab dem verdutzten Vater die Hand. Der verdutzte Vater war nämlich eine Seele von Mann und niemals hatte er zuvor gegen eines seiner Kinder die Hand erhoben. Friedfertig war sonst sein Gemüt und liebevoll die Erziehung.

Fragte man aber später meine Kusine Cornelia beiläufig, wie man es so zu tun pflegt, wie es denn ihrem Vater gehe, so antwortete sie noch bis tief in ihre erste Heirat hinein: «Er schlägt mich.»

Da entstand nun ein Gerede und Gefrage. Aber der Generalstabsoffizier schüttelte den Kopf. Nichts weiter werde er an diesem Abend erzählen, am allerwenigsten auch nur das wenigste von seiner Cousine Cornelia. Und Speck bestellte er, denn wer Speck isst, kann nichts erzählen. Der Mund ist voll, das Herz auch. Und weil ihn trotzdem alle noch anstarrten, blickte er auf Max, den Wirt und fragte: «Warum ist dein Speck so gut?»

«Ich bin müde.»

«Warum ist dein Speck so gut?»

Und nun fragten alle: «Warum ist dein Speck so gut?»

«Wein!» rief von seinem hintern Teile nochmals Emilio. Er wurde bedient. Die Wirtin Margrit tat sich in der Küche und mit Aufräumen um. Ihr musste man nicht erzählen, warum ihr Speck so gut war. Das aber erklärte nun ihr Max-Mann:

Der Bauernspeck

«Ja, ja, das Wichtigste ist natürlich das richtige Schwein. Aber nehmen wir einmal den schwierigsten Fall, den einer alternden Mohre. Ich gebe ihr keinen Mais mehr zu fressen, denn Mais macht das Fett ungenüsslich gelb. Monate vor der Schlachtung bekommt sie nur noch die übliche Tränke: Altsuppe vom Familientisch, mehlige Saukartoffeln, Magermilch, Schotte, Eicheln, die sie selbst am Heckenrand nehmen muss, auch Altbrot und die weniger begehrten Rüstabschnitte von Lauch, Randen, Kohl und Weisskohl. So ernähre ich die Mutterschweine, jawohl. Und auch die geben guten Speck. Ihr sagt es, wenn ihr ihn esst. Ist es nicht so?»

Es sei so, sagten alle. Emilio rief nach Wurst. Er bekam keine mehr. «Emilio, du bist doch schwer genug, du hast schon Bratwürste mit Zwiebelsauce und viel Brot gegessen. Einen Liter Kalterer hast du getrunken. Nimm noch einen Kaffee, es genügt!» Emilio stritt nicht herum, denn er war nun eingenickt über dem leeren Teller und dem leeren Glas. Und Max fuhr fort:

«Ich lasse die rohen Speckseiten herauslösen. Ich begutachte sie und vielleicht kommen sie in die Würste. Wenn sie aber vor meinem Auge bestehen, hänge ich sie zuerst in den Wind. Dann salzen wir und schauen für einen guten Platz in der Räucherkammer. Der Knecht holt das richtige Holz. Ich rede nicht drein. Aber Margrit – wo ist sie – wirft trockene Kräuter darauf. Das ist ihr Geheimnis. Geheiratet hat sie mich, aber was sie da auf die Holzscheite wirft, das sagt sie mir nicht. Das Feuer, das immerhin habe ich auch von meinen Eltern gelernt, das Feuer sei heiss aber klein.»

«Das Holz?»

«Das Holz! Na eben Holz!»

«Nein, nein, sage es. Das Holz ist wichtig.»

«Feuchte Eiche. Rebholz, wenn wir welches haben. Sonst nur Rottanne, Weisstanne, Föhre, vor allem Rottanne.»

«Buche?»

«Wenn du willst, Buche. Ich vermeide sie.»

Sie stritten nun über Hartholz und Weichholz. Sie stritten! Hört ihr? Dabei hatten sie noch vor kurzem nach dem richtigen Rezept gefragt, Max hatte widerwillig geantwortet und nun wussten sie es alle schon besser. Der weise Herr Dr. Walter empfahl sich. Er habe morgen einen frühen Tag. Hermann Karrenrud nahm den letzten Schluck und ging. Es blieb Erich mit der Aalkrawatte, die er strich und strich. Ein Reinacher war noch eingetreten, den etliche kannten.

«Was ist das?» Er zeigte auf die Aalhaut, die Erich vom Halse hing.

«Hast du noch nie einen Aal gesehen?»

Da ging auch Erich, und der Generalstabsoffizier ging. Aeni Roth ging, er müsse mit seinem Motor zum Aufwärmen noch eine Runde drehen. «Eine Runde?»

«Eine Runde um den See.»

Die Jasser vom hinteren Tisch hatten aufgehört. Vater Bösiger strich sich übers Kinn. Ob er gewonnen hatte oder nicht, man sah es ihm nicht an. Es war spät geworden.

Max verzog sich, er sei müde. Dass auch Margrit, die Wirtin, müde war, konnte sie nicht verbergen. Da gingen sie eben, die letzten Gäste. Die Wurst sei gut gewesen, sagte Emilio. Es waren vier Würste gewesen, nicht eine. Zu allerletzt ging der Operettenfils. «Ich schliesse die Tür,» sagte er. Sie wäre auch so zugemacht worden. Das Licht erlosch noch nicht im «Wirtshaus zum Seethal». Wenn die Gäste gehen, bleibt immer noch die Arbeit.

Es mag zwei Wochen später gewesen sein, als jener Daniel wieder Einkehr hielt, den sie manchmal, um ihn zu foppen, Oberst nannten. Er ertrug es mit Fassung. Aber heute war niemand da, um ihn zu foppen. Lange sass er allein in der Wirtschaft, bis Margrit kam. Sie hatte Zeit und setzte sich zu ihm. «Wo ist Max?» Es war erst vier Uhr am Nachmittag, also wo sollte Max wohl sein?

«Er ist auf dem Feld. Wenn er heim kommt, geht er in den Stall.»

Das war kein Vorwurf an den einsamen Nachmittags-gast. Aber Bauern haben immer zu tun und wenn sie daneben eine Gaststätte betreiben, so ist das keine ein-fache Sache. Und Geschäftsleute, die über Land fahren, können immer irgendwo für einen Kaffee oder ein Bierlein anhalten. Schön ist es, wenn sie dabei alte Bekannte treffen. Als wie sie just gerade über diesen Punkt sich unterhielten, Margrit und Daniel, kam der Operettenfils herein. Er hatte sein Geschäft verkauft und war dieser Last ledig. Er ging dahin, wo er wollte und das auch, wann er wollte. So sassen sie da mit Margrit, schwiegen eine Weile, bis Fils Daniel fragte: «Warum hat deine Grossmutter nicht Weber geheissen wie dein Vater, ihr Sohn? Warum hiess sie Ackermann?»

Daniel war heute nicht gesprächig. Ihm ging ein Rhein-schiff durch den Kopf, wenn ein Schiff durch einen Kopf gehen kann. Ein Schiff geht nicht, es fährt. Es fährt auf dem Wasser, oder es säuft ab. Es hat in einem Kopf nichts zu suchen. Aber dieser Daniel besass Schiffe. Auf

36

dem Rhein fuhren sie und bis tief in die deutschen Kanäle hinein. Eines davon lag dauernd irgendwo auf einer Werft. Kleinigkeiten waren da meistens nur in Ordnung zu bringen, aber was bringt ein Schiff ein, das liegt, statt fährt? Die Mannschaft tummelt sich an Land und kommt auf falsche Gedanken.

«Was geht dir durch den Kopf?» fragte Fils.

«Ein Schiff,» hätte Daniel beinahe geantwortet. Dann aber fasste er sich und sagte: «Also das mit meiner Grossmutter war so...» In diesem Augenblick betrat Dambach Kari die Stube, man musste grüssen, man musste bestellen, man musste anstossen und Bescheid tun.

«Du bist unter lauter Pensionierten,» sagte Fils. Das traf zu, obwohl man bei nur zwei Personen noch nicht gross verallgemeinern sollte. War er, Daniel, eigentlich auch pensioniert? Er wusste es selbst nicht so recht. Einerseits hatte er einen anstrengenden Posten in der sogenannten Wirtschaft aufgegeben, andererseits aber waren ihm verschiedene neue Geschäfte zugekommen, die er nun auf eigene Rechnung betrieb. Schiffe zum Beispiel, die ihm statt auf Flüssen und Kanälen durch den Kopf fuhren. «Also, deine Grossmutter,» half ihm Fils auf die Spur.

«Ja, die Grossmutter. Sie war Witwe, mein Grossvater Weber ist, glaube ich, an einem Herzschlag gestorben.

Das war im Jahre sieben. Den Krämerladen konnte sie alleine führen, aber für das Coiffeurgeschäft brauchte sie einen Mann.»

«Das war dann der Ackermann.»

«Lass mich reden, das war nicht der Ackermann. Der Ackermann war Confiseur, der arbeitete bei Halter & Schillig. Ein tüchtiger Facharbeiter sei er gewesen wie fast alle Deutschen. Sie haben geheiratet und im kleinen Zimmerlein hinter der Küche richtete er eine Volière ein. Er war ein grosser Vogelfreund. So ist sie zum Namen Ackermann gekommen.»

«Ja, und jetzt der Coiffeur?»

«Das kommt noch, warte.» Er habe den Ackermann noch gekannt, sagte Kari Dambach. Ja, Confiseur sei er gewesen, von den Vögeln habe er, Dambach, aber nichts gewusst. Dambach war selbst ein guter Confiseur gewesen und er hatte für seine Firma auch die Kundschaft bereist. Mit der Bahn zuerst, dann mit dem Auto und in der näheren Umgebung mit dem Velo. Einen Velosolex hatte er sich erst im Ruhestand angeschafft. Damit zockelte er ruhig und ohne Eile vom Sand herunter ins Dorf, auch zum See, auch etwa nach Schwarzenbach oder Mosen zu, wahrscheinlich auch ins Wynethal hinüber.

Nun kam auch ein weiterer, ein älterer Mann dazu. Sie

38

nannten ihn jetzt vornehm Jacky Mouse. Aber früher hatte er Muser Jöggu geheissen und noch früher Jakob Hintermann. «Hast du den Confiseur Ackermann noch gekannt?»

«Natürlich. Deshalb geht doch das Schilf zurück im See.» Sie schauten ihn alle an. Fragend, denn wie der wohl etwa Ende der Zwanziger Jahre verstorbene Confiseur Ackermann mit dem Schilfsterben rund um den See etwas zu tun haben sollte, war nicht ersichtlich. Aber Jacky Mouse hatte für alles immer eine Theorie. Das sei doch so gewesen, sagte er jetzt, als brauche er nur die Erinnerung ein wenig anzustubsen, als wüsste ohnehin jedermann, wie das damals gelaufen sei, bevor Universitätsinstitute und fremde Koriphäen das Phänomen des Schilfsterbens untersuchten. Auch da waren Theorien aufgetaucht, Arbeitshypothesen gewissermassen. Jacky Mouse wusste alles schon längst, aber auf ihn hörte ja niemand! Nun war es in der Tat so, dass man ihm nicht gerne zuhörte. Er sprach zu viel und zu laut. Da gingen die Ohren zu und nicht auf.

Der Ackermann und

das Schilf

Der Operettenfils war es, der ihn wieder auf die Spur brachte. Und der Muser Jöggu erzählte.

«Der Ackermann war ein Vogelnarr. Mit einem kleinen

Feldstecher lief er in seiner Freizeit an den Waldrändern entlang. Man sah ihn an den Bachbüschen, auf den offenen Wiesen sah man ihn und viel auch am See. Aber er fischte nicht. Er schaute überall nur den Vögeln zu, als wäre das etwas Besonderes, wie die hiessen, nesteten und flogen.»

«Das Schilf, Jöggu, das Schilf!»

«Niemand isst ein Bucheli. Sie sind zu zäh.»

«Das Schilf!»

«So wartet doch, was ist das für ein Gerede und Gedränge!»

«Was hat der Ackermann mit den Bucheli zu tun, was die Bucheli mit dem Schilf?»

«Der Bernasconi.»

«Ums Himmels Willen, wir reden vom alten Ackermann. Der redet vom Schilf. Und wenn man dich näher fragt, sagst du: Bernasconi.»

Jöggu war nun verschnupft, trank Bier direkt aus der Flasche und schwieg.

Hegi Hans kam in die Wirtsstube. Er war ein kräftiger, untersetzter Mann und bauerte ein wenig auf seinem kleinen Gütlein herum. Immer lachte er frohgelaunt und jeder mochte ihn, obwohl er nicht ganz richtig im Kopf war. Es hiess auch, dass er neben den Schuhen ging. Das stimmte, denn er latschte in seinen Lederfüsslern herum, bis sie tot und formlos waren. Die Sohlen gingen dann seitwärts hinauf, das Oberleder wurde zum Tretteil und solange Wind und Wetter und Sumpfwasser ihm das Zeug nicht nahmen, benutzte er es und zog es an. «Hegi geht neben den Schuhen,» hiess es und man meinte es nicht böse. Hegi latschte eben herum, aber er tat niemand etwas zuleide.

Jöggu begrüsste ihn besonders freudig. Wenn der Hegi Hans da war, würde man alleweil den für den Dümmsten halten und nicht andere Anwesenden, zum Beispiel ihn selbst. Auch Vater Bösiger kam nun dazu und fragte: «Ein Jass?» Aber niemand mochte Karten spielen. «Wie geht es der Mutter?» fragte er Daniel. Sie war alt und Witwe, sie hatte Vater Bösigers Jahrgang. Es gehe ihr gut, antwortete der Generalstabsoffizier. «Gut, wenn auch etwas langsam auf den Beinen.»

«Ja, man ist auch nicht mehr zwanzig.;

Das war man allerdings nicht mehr. Vater Bösiger schritt an die Neunzig heran, desgleichen Daniels Mutter. Sie hatten wirklich den gleichen Jahrgang. Früher sei man früher gestorben, fügte Vater Bösiger noch hinzu und man wusste nicht, wie er es meinte: Gut oder nicht gut. Sie haben doch den Ackermann noch gekannt, den

Mann seiner Grossmutter.» Fils zeigte auf den Generalstabsoffizier. Vater Bösiger besann sich eine Weile. «Hatte er nicht eine Vogelvolière?»

«Ja.»

«Doch, doch, ich erinnere mich. Der zweite Mann seiner Grossmutter.» Nun zeigte auch er auf den Generalstabsoffizier. «Was ist mit ihm?» Der liegt nicht einmal mehr auf dem Friedhof. Den haben sie doch schon wieder hervorgeholt, um Platz für jüngere Tote zu schaffen.»

«Dreissig Jahre, jetzt fünfundzwanzig.» Das sagte der Muser Jöggu, um zu zeigen, dass er hier angesprochen war. Als Gemeindewerker hatte er früher immer die Gräber ausgehoben. Dann verkürzten die Behörden die Verweilzeit der Toten in der geweihten Erde von dreissig auf fünfundzwanzig Jahre. Jöggu fragte beim Gemeinderat an: «Müssen wir jetzt weniger tief ausheben?» Denn die Bezahlung war da nicht nach der Stunde, es gab ein Fixum pro Grab oder Sarg. So war das und der Aushubpreis war nicht geändert worden, nicht die Grabestiefe. Sie mögen da ruhen, wie sie immer ruhten! Und der Muser Jöggu, dem man vieles nachsagen kann, einen liederlichen Grabaushub aber nicht, dieser Muser Jöggu begann nun von sich aus wieder von Ackermann zu erzählen:

«Er ging da, eben dein sogenannter Grossvater – schon wieder deutete man mit dem Zeigfinger auf den Generalstabsoffizier – an einem Sonntagnachmittag von der Steinismatt gegen den Müseigenbach ganz allein mit dem Feldstecher dem Ufer entlang. Frühling war es und das Wasser kalt. Da kam zu dieser eigenartigen Jahreszeit offenbar im grünen Jägerkleid und mit der Vogelflinte der Bernasconi daher, oder stand schon dort, oder zielte schon, oder hatte geschossen, oder putzte sich die Nase, ich weiss es nicht. Weisst du es, Bösiger?»

«Ich erinnere mich, es gab einen Bernasconi, der war immer mit den Jägern dabei.»

«Und wie ihn Ackermann ins Wasser warf? Und wieder herauszog, damit er nicht elendiglich ersoff, dieser Italiener?»

«Er war doch kein Italiener. Die Bernasconi kommen doch aus Bellinzona oder Mendrisio, was weiss ich. Oder aus Biasca? Drüben in Menziken hatte er mit seinem Bruder zusammen ein Baugeschäft.»

Sie sprachen eine Weile herum, ob die Bernasconi Schweizer seien, alle oder wenigstens jene von Menziken, die es heute auch nicht mehr gibt. Da sind doch die alten, schönen Geschichten, die in ein Wirtshaus zum Seethal passen: Wie war es mit dem und jenem, den es vielleicht nie gab und der hatte dann allenfalls ein Verhältnis mit der oder jener, von der wir auch nicht mehr wissen, ob sie je existierte. Der Generalstabsoffizier lachte und wollte von jenem Quarkelein erzählen, der da drunten in der Eulenmühle eine Liebste hatte, Nelly könnte sie geheissen haben, aber sicher sei er auch nicht. Aber der Operettenfils schnitt ihm ins Wort: «Das Schilf!»

Also, sagte Jöggu, der Ackermann sei dazugekommen, wie der Bernasconi-Italiener sein Gewehr zur Schulter genommen habe, um auf ein Bucheli zu schiessen. Auf dem Nest habe es gesessen, gebrütet habe es und im Frühling hat da kein Jäger nichts zu suchen, zu schauen oder gar zu schiessen. Allerdings habe es schon damals zu viele Bucheli gegeben, «Blässhühner», sagte der Generalstabsoffizier.

«Blässhühner sind Bucheli,» sagte Jöggu und er hatte recht. Warum musste dieser Daniel dauernd wie ein Lehrer dreinreden?

Jener Bernasconi-Jäger habe also angelegt. Der jähzornige Ackermann stiess ihn mitsamt seinem Gewehr ins Wasser. Es war da nicht tief aber kalt war es und der Bernasconi holte sich eine Lungenentzündung und den Tod.

«Im Schilf?» fragte Fils. Er war immer und eh um den guten Faden der Geschichten besorgt. «Ja, was hat das jetzt wieder mit dem Schilf zu tun?»

«Ja, das Schilf!» rief Dambach Käru. Jeder hier kannte das Schilfproblem, auch wenn er kein Seegänger war.

44

Jacky Maus oder Mouse oder Muser Jöggu oder Köbu Hintermann schrie es in den leeren Saal: «Seither geht das Schilf zurück!» Da war kein Zusammenhang zu sehen, aber Jacky Mouse erklärte das den weniger Klugen am Tisch sofort und auf einfache Weise. Bernasconi war der einzige Jäger, der überhaupt Bucheli schoss. Sie sind zäh, niemand isst ihr Fleisch. Nur Bernasconi ass es, weil er wusste, wie man es vorbereitete: Den frisch geschossenen Vogel zwei Wochen im Mist vergraben, ungerupft. Dann herausnehmen, gut säuberlich waschen, fein säuberlich rupfen, erst jetzt ins siedend heisse Wasser tunken, nachrupfen und dann braten wie ein junges Täublein. Das habe nur noch jener Bernasconi gemacht und seither blieben die Bucheli ungeschossen und vermehrten sich wie die Mäuse.

«Das Schilf?»

«Das Schilf? Die Bucheli ziehen im Frühjahr die neuen Triebe aus dem Rohr. Zuviele Bucheli, zu wenig Schilf. So einfach sei das. Und die Schuld hat dieser Ackermann, dein Quasigrossvater!»

Das also war seine Theorie über das Schilfsterben. Die klugen Leute von den wissenschaftlichen Instituten seien noch nicht dahinter gekommen, aber die würden es auch noch herausfinden. «Wartet nur!»

Aber da gebe es doch Seen genug mit dichtem, gesundem Schilf – ohne Ackermann und ohne Bernasconi! Er spreche nicht von anderen Seen aber von dem da unten spreche er, den kenne er. Er hatte immer solche Theorien. Wenn der Holunder blüht, kannst du keine Barsche fangen. Sie beissen nicht, solange der Holunder blüht. Sei es der Holunder oder was auch immer. Jöggu war der beste Fischer vom Ufer und vom Boot aus.

Warum er der beste Fischer war, wusste allerdings niemand. Seine Theorien überzeugten nicht. Aber er fing immer am meisten. Als es auf die frühen Brachsmen ging ich – der Schreiber dieser Zeilen war dabei – da standen wir also zu sieben etwa an der Ausmündung des Dorfbaches. Immer wieder zog Jöggu einen heraus, wir aber nichts und abernichts. Wir steckten die gleiche Tiefe wie er. Wir fischten gewissermassen Zapfen an Zapfen. Er liess uns Würmer aus seiner Büchse nehmen. Hin und wieder brachten auch wir einmal einen heran. Aber wir fingen alle zusammen nicht mehr Brachsen als er allein. Kein Geheimnis gab es da, aber er fing eben mehr. Seine Theorie dazu habe ich vergessen, die Praxis aber nicht. Und wenn wir keine Barsche fingen, etwas später im Jahr, da kam er mit der Holunderblüte. Er versuchte es nicht einmal mit dem Eglifang. Jetzt sei nichts zu machen.

In die Brunnen aller Nachbarn setzte er die Brachsen, Alet, die grossen Haseln, auch etwa einen Triesch, die bei uns seltenen Schleien, nicht die Hechte, die er auch herauszog aber sofort an die Wirtschaften verkaufte. Hechte springen aus den Brunnen, die halten sich da nicht. So sass der Generalstabsoffizier also am Tisch, trank von seinem Bier und war schuld am Schilfsterben, weil seine Grossmutter in zweiter Ehe vor vielen, vielen Jahren den Ackermann geheiratet hatte, der den Jäger Bernasconi ins Wasser stiess, der danach keine Blässhühner mehr schoss, die sich nun zu sehr vermehrten und die Schilfschösslinge frassen. Es war dem Generalstabsoffizier anzusehen, dass er sich dieser Sache schämte. Wer möchte es gerne, dass das Schilfsterben des heimatlichen Sees auf ihm lastet?

Der Nachmittag war in den frühen Abend übergegangen. Weitere Leute kamen herein. Vater Bösiger fand seine Jasser. Am Stammtisch beruhigte sich die Runde. Schweigend und zufrieden sassen alle, aber als Hegi gehen wollte, neben den Schuhen, wie man es von ihm nicht anders gewohnt war, fragte man ihn: «Wie war das doch damals, als der Birrwiler Küfer das lange, dünne, neue Fass machte?» So erzählte er sie eben nochmals, die Geschichte die jeder kannte, niemand glaubte, aber trotzdem schön fand. Es war auch die einzige Geschichte, die man aus dem Hegi herausholen konnte und lustig war sie vor allem, weil er selbst vom Anfang bis zum Ende lachte und lachte. Ach Gott, sie ist auf der Welt schon oft erzählt worden von Griechenland über Italien, Frankreich und bis in unsere Gegend! War sie irgendwo und irgendeinmal wahr?

Also,

der Birrwiler Küfer

sollte für einen Bauern ein langes, dünnes Fass machen,
wer weiss, wozu das gut sein sollte. Aber er mass
Holz aus, schnitt es zu und wässerte es nach alter
Gewohnheit. Er legte den runden Boden hin und den
untersten Reifen. Das Feuer brannte und der Küfer
machte darin die langen, nassen Scheite biegsam.
Er stellte sich auf den Boden und fügte Brett zu Brett,
dass alles trefflich passte. Von aussen nahm er die
handlich in die Nähe gehängten Reifen auf und schlug
sie provisorisch ein. Das Fass wuchs zusammen, aber
am Ende stand der Küfer darin. Im neuen Fass stand
er und konnte nicht mehr heraus. Sein eigenes Gefäng-
nis hatte er um sich herum gebaut. Sie mussten das
schöne neue Fass wieder auseinanderschlagen, um ihn
zu befreien. Er habe darauf einen Liter Schnaps getrunken und sich drei Tage lang nicht mehr gezeigt. So war
die Geschichte des Hegi Hans und nun ging er, neben
seinen Schuhen, wie es jeder gewohnt war, um zuhause
die einzige Kuh zu melken, die er hatte.

«Wie war das doch, als du den Landessender neu
streichen musstest, ganz oben auf dem windschwan-
kenden Antennenspinnennetz?» Dies fragten sie einen
Malermeister, nicht mehr jung und noch nicht alt.
«Wie war das?»

Ich war damals ein ranker Lehrling. «Wagst du dich da hinauf?» fragte mich der Meister. Nimm einen Jungburschen bei der Ehre und er tut alles. Ja, sagte ich und der Lehrmeister gab mir einen Handlanger mit, obwohl ich erst in meinem dritten Lehrjahr stand. Aber er gab mir also einen Handlanger mit, den bösen Hürlimann. Zehn Jahre älter als ich war er damals, ein kräftiger Kerl – ach was – ihr kennt ihn doch. Der musste mir auf der Eisenleiter Bürsten, Töpfe, Farben nachtragen.»

«Und das hat er getan? Gehorchte er dir?»

«Ja. Wir wurden da oben ordentlich bekannt miteinander. Ein so übler Kerl, wie ihr immer sagt, war er nicht.»

«Er war schon damals die halbe Zeit im Zuchthaus. In Lenzburg.»

«Ich habe ihn auch gefragt, ob ihn die Zeit nicht reue, die er da unten untätig versitze. Wie lange, fragte ich ihn, bist du eigentlich, alles zusammengenommen, schon gehockt? Er wusste es zuerst nicht so genau und fing an zu rechnen. Vier und ein halbes Jahr seien es gewesen. Sagte er schliesslich. Das sei eigentlich ganz viel, meinte ich. Aber überhaupt nicht, da sässen Leute, bei denen mach es gut und gern fünfzehn, zwanzig Jahre aus. Wie alt sind die? Die sind älter, manche fünfzig, oder mehr. Also siehst du, bei dir würden es auch schon fünfzehn, zwanzig Jahre ausmachen, wenn du dieses Alter hättest. Nimm dich doch ein wenig zusammen, dann hast du mehr vom Leben! Die halbe Zeit da unten in Lenzburg hocken, das ist doch nichts!»

«Ja, wenn du es natürlich so ansiehst. Könntest eigentlich recht haben.»

«Aber gebessert hat er sich nicht,» sagte nun Dambach Kari. Er habe zuhause sein Velo abgestellt gehabt mit dem Musterkoffer und darin waren alle die neuen und schönen Confiserien, mit denen er, Käru, auf die Reise wollte. Da sei also dieser Hürlimann Hurenbub mit seinem eigenen Velo gekommen, überraschend die Sandstrasse hinunter. Er habe kurz angehalten, den Koffer genommen und schon war er auf und davon.»

«Und dann?»

«Er fuhr ins Homberggüetli hinauf, die Wirtschaft war an diesem Nachmittag leer. Er wollte die Confiserie verkaufen. Dem Wirt kam das nicht geheuer vor, aber er hatte Angst.»

«Was willst du dafür?» wurde Hürlimann gefragt.

«Zwanzig Franken.»

«Zwanzig Franken ist zuviel.»

«Zwanzig Franken ist nicht zuviel, denn du erhältst auch noch den Koffer dazu.»

«Ich will den Koffer nicht. Ich brauche den Koffer nicht.»

«Du bist ein Arsch!» Er schlug ihm den Koffer auf den Kopf. Die Zeltchen und Zückerlein flogen durch die Luft, der Wirt hingegen sank zu Boden und verlor das Bewusstsein sein. Hürlimann floh. Er floh nicht auf seinem eigenen Velo, er nahm ein anderes, das da draussen an der Hecke lehnte. Wozu sollte das dienen? Eigenes Velo, fremdes Velo, Hürlimann bleibt Hürlimann. Sie fassten ihn kaum eine halbe Stunde später, denn der Wirt war aus seiner Kopfbeduselung erwacht und hatte der Polizei telefoniert.

Sie steckten ihn wieder für einige Monate ein. «Kannst du dich nicht bessern?» hatte ihn Kari Dambach gefragt. Als Zeuge war er ohnehin vor Bezirksgericht geladen, da sah er den sogenannten Delinquenten. «Ich muss mich nicht bessern,» sagte er, er sei noch alleweil gut genug ohne Besserung.

Aber er war nicht gut genug. Er hat nicht ein einziges Mal eine vernünftige Straftat begangen. Es war immer alles offen, klar, nicht zu bestreiten. «Was denkst du dabei?» hatte ihn einmal einer in diesem und gerade diesem Wirtshaus zum Seethal gefragt.

«Ich denke nichts dabei. Ich mache es einfach.» Aber er ging dann bald aus der Wirtsstube weg. Er mochte nicht unter Leuten bleiben, die von Diebstahl und Prügeln und Zuchthaus nichts hielten.

Es waren nun aber noch mehr Leute gekommen. Wer kennt, wer nennt sie alle? «Erzähl auch einmal etwas.» sagten sie zu einem, der sonst nicht viel sagte. «Was soll ich schon erzählen. Was gibt es denn schon viel Neues?» «So erzähle eben etwas Altes!» «Na gut, dann eben. Ihr kennt den Träm-Träm-Kurtli. Oder ihr habt ihn doch gekannt. Denn er wohnt nicht mehr hier. Wo wohnt er eigentlich? Also, da war diese Geschichte mit dem

Ausguck

Man kennt also den Träm-Träm-Kurtli. Wie ein Mädchen geht er in kurzen, schnellen Schritten und die Arme schlenkert er dazu kurzeckig vor dem Bauch. Ein schweigsamer, etwas verschrobener Mensch aber nicht dumm, nein, nicht dumm, schon als Knabe nicht.

Ich ging noch nicht zur Schule. Wir spielten an einem Winternachmittag im kleinen Turmhäuschen neben der Lochmühle. Drei oder vier Buben waren wir. Als es langsam dunkel wurde, gingen die andern nach Hause. Auch ich wollte gerade gehen, da kam Träm-Träm-Kurtli dazu. Er war einige Jahre älter und erzählte uns jeweils Seeräubergeschichten. «Willst du in den Ausguck hinauf. Vielleicht siehst du das Ungeheuer im See?» Ich wollte eigentlich nicht, denn die Leiter im Turmhäuschen war steil und lang und oben hatten sie den Boden mit allerlei Kram verstellt. Wir stiegen nie gerne hinauf und auch ich hatte jetzt im Halbdunkel Angst. Aber Träm-Träm-Kurtli beschwatzte mich. Das

Ungeheuer sei heute sicher zu sehen. Immer an Winterabenden komme es an die Seeoberfläche, gelb und glitzernd und riesengross.

So stieg ich hinauf und sah durch das Fensterloch das Ungeheuer. Ein langes, breites gelbes Ungeheuer war es und reichte vom jenseitigen Ufer über mehr als die Hälfte des Sees zu uns herüber. So nämlich bot sich der Widerschein des Mondes auf dem dunkeln Wasser dar. Für mich aber war das ein Ungeheuer, umso mehr als Träm-Träm-Kurtli es von unten fragend beschrieb, denn sehen konnte er vom Boden des Turmhäuschen aus nichts: «Ausguck Ahoi: Ist es gelb? Glitzert es? Reicht es über den ganzen See? Bewegt es sich?» Und dann: «Komm jetzt herunter, manchmal steigt es aus dem See und schleicht ins Dorf herauf. Dann frisst es alles, was es auf den Strassen findet.»

Ich wollte heim. Die Leiter stieg ich runter und dann lief ich grusslos auf die Strasse hinaus. Träm-Träm rief noch hinter mir nach: «Ausguck, ahoi, lauf, Ausguck.» Mir schien, das Ungeheuer sei schon näher gekommen, beinahe ans Ufer. So rannte ich bergan, so schnell es auf dem hartgefrorenen Schnee ging. Doch wenn ich mich von Zeit zu Zeit umdrehte, war das Ungeheuer immer näher gekommen. Der Schwanz reichte nur noch bis zur Seemitte, der Kopf musste längst an Land und unter dem Dorf sein. Man konnte das wegen der Häuser am Hang nicht sehen. So rannte ich, aber der Schwanz rückte rascher nach und ich hoffte kaum mehr, unser Haus glücklich zu erreichen.

Ich erreichte es aber und rief schon in den Gang hinein: «Das Ungeheur kommt!» Da rief der Coiffeur aus der Rasierstube, wo er einen Mann im Schaum hatte, zurück: «Sicher kommt es und frisst die kleinen Buben.» Und das Mädchen Pia rief aus der Küche: «Ich höre es schon, es ist schon da.» Aber da war dann plötzlich auch meine Mutter da und gewahrte den fürchterlichen Schrecken, in dem ich immer noch steckte. Sie wies den Coiffeuer Ernst und das Mädchen Pia zurecht und fragte mich aus. Ich sei Ausguck gewesen im Turmhäuschen und habe das Ungeheuer mit eigenen Augen über dem See gesehen. Und danach sei es immer rascher ans Land gekrochen. Es sei das Dorf hinauf unterwegs und sicher schon ganz nahe. Mutter ging mit mir vors Haus. Die Strassenlaternen leuchteten auf den kalten Schnee herab. Dahinter war dunkle Nacht und vielleicht das Ungeheuer, wenn es nicht mehr glänzte. «Aber da ist doch nichts, Bub! Fürchte dich nicht mehr. Wir wollen ins Haus gehen.»

Aber ich war auch im Haus noch nicht beruhigt. Vom obersten Stockwerk her sah man über die Häuser hinweg auf den See hinunter. Von dort wollte ich Ausguck halten und meiner Mutter das Ungeheuer zeigen. Sie kam mit und wirklich, von da oben sah man den gleissenden Mondschein als helles Band auf dem dunklen See. «Du mein lieber Ausguck, du!; sagte meine Mutter.

Lange musste sie mir die Sache erklären, bis ich sie begriff und bis ich ihr glaubte. Dann heulte ich noch eine ganze Weile aus Erleichterung.»

Emilio war wieder da. Er verlangte nach seiner Gewohnheit Wurst. «Erzähl auch einmal etwas. Immer hockst du da und hörst zu. Jedes Wort verstehst du. Aber nie hört man von dir etwas!» «Ich weiss nichts.» Und wirklich, er war nicht dazu zu bewegen, auch etwas zur Unterhaltung beizutragen. «Aber wie war das mit deinem Onkel, der nach Wohlen einwanderte, davon haben wir doch schon gehört!»

«Da ist eben nichts anderes, als dass er aus Borgomanero einwanderte und in der Fabrik arbeitete. Niemand konnte damals hier auf dem Lande Italienisch. Niemand sprach mit ihm. In der Fabrik tat er seine Arbeit ohne Worte. Aber deutsch lernte er auch nicht. Er hat nicht geheiratet und allein gehaust. Als er starb, hatte er auch das Italienische verlernt. Er war ohne Sprache – kein Deutsch, kein Italienisch, nichts.»

«Siehst du, du kannst ganz schön auskramen, wenn du nur willst. Erzähle mehr.» Aber erzählte nichts mehr. Er erwartete die Wurst. Da kam der Wirtsvater herüber und sagte, dass nicht erst heute sondern auch früher schon Allotria getrieben worden sei, allerdings nicht hier in dieser Wirtschaft, bewahre! Aber doch nicht allzuweit von hier. Er erinnere sich da an eine die Sache mit den

Konfirmanden

Die Konfirmandinnen und Konfirmanden standen schwarz in schwarz auf der Kirchentreppe, mittendrin der Pfarrer mit seiner Bibel. Mehrmals knipste der Photograph. Dann zerfiel die geordnete Aufstellung in Einzelleute, die gingen zu ihren in der Frühlingssonne wartenden Familien und liessen sich gratulieren. Langsam verzog sich die Menge der Kirchgänger in die Strassen, in die Häuser. Dort setzte sich die Feier bei Bier und Gerede, bei Braten und Wein bis zum Nachmittagsspaziergang hin fort. Die Leute waren nun draussen auf den Strassen und Wegen, und aus den sonntäglich bunten oder doch farbigen Kleidern stach das amselartige Schwarz der Konfirmanden hervor. Gegen Abend verliessen die fremden Gäste das Dorf. Die Konfirmanden zogen sich zuhause wieder bequemer an.

Nochmals kamen die schwarzen Kleider kurz darauf zu Ehren. Am Sonntag nach Ostern pflegten die Konfirmanden unter sich und ohne Pfarrer in eine der entlegeneren Wirtschaften zu wandern. So auch dieses Jahr, als sie in die «Eule» gingen. Ein Grammophon kratzte Musik und die Mädchen versuchten, den Burschen das Tanzen beizubringen. Marsch ging leidlich rasch, Polka, Schottisch und Mazurka wurden davon nicht unterschieden. Schwieriger oder gar nicht gelang der Walzer. Missmutig setzten sich nun die Knaben von den Mädchen ab und bezogen einen eigenen Tisch. Sie tranken

Bier und rauchten Stumpen. Beides war nach der Konfirmation erlaubt.

Übermut kam auf. Die Mädchen tanzten unter sich, die Buben hielten grosse Reden und jeder war nun ein erwachsener Held. Sie zeigten sich die neuen Sackmesser, die sie allesamt zur Konfirmation erhalten hatten. Sie hängten ihre schwarzen Kittel draussen im Gang auf und begannen dann fein säuberlich, ihre Initialen in den runden Wirtstisch zu schneiden.

Es war ein neuer Tisch und die Buchstaben zeichneten sich schön ab in der glatten rötlichen Kirschholzplatte. Da kam der Wirt dazu und sah die Bescherung. «Steckt eure Messer weg, ihr Teufelsbrut von Konfirmanden. Eure Eltern werden den Tisch bezahlen!» Aber die Jünglinge waren von ihrem ersten Bier frech geworden und fuchtelten mit ihren Klingen herum: Niemand werde nichts bezahlen, das sei alles nur Allotria.

Da schwieg der Eulenwirt in eisigem Zorn. Er ging hinaus, wo die schwarzen Kittel hingen. Mit einer Schere schnitt er aus jedem einen Zwickel weg. Gegen Abend verliessen die Konfirmanden die «Eule» lachend und grölend. Die Mädchen entdeckten den Schaden an den Rockschössen der Buben zuerst. Kurz wurde das Gelächter, lang wurden die Gesichter. Dann schrien sie den Wirt heraus – was er da getan habe? Was er sich da gedacht habe? Den Schneider werde er bezahlen müssen! Neue Kleider sogar! Der Eulenwirt

sagte seelenruhig: «Allotria. Nur ein kleines Allotria.»
Dann ging er wieder ins Haus. Laut verschloss er die
Türen.

Ein Mann in mittleren Jahren, den sie den Krämer
nannten, war wieder einmal für einige Tage zu seiner
Verwandtschaft gekommen. Sonst wohnte er in Zürich, oder doch am Zürichsee, vielleicht allerdings
auch in Winterthur. Man fragte ihn immer wieder
danach, bekam die Antwort und vergass sie. Der Krämer hiess so, weil seine Eltern Krämer gewesen
waren. Er selbst allerdings nicht. Es kann nicht jeder
Krämer werden, der aus einem Kramladen stammt.
Aber er kann ebensogut Geschichten erzählen wie alle
andern. Nun sass er da und rauchte einen Stumpen,
was er sonst nie tue, nicht in Zürich, nicht am übrigen
Zürichsee, nicht in Winterthur oder Uster. Er war
Nichtraucher geworden. Nur wenn er in Beinwil war,
rauchte er wieder Stumpen. Das sei doch seine Art,
mit dem Dorf verbunden zu bleiben. Zu seiner Zeit
habe man erst nach der Konfirmation rauchen dürfen, mit sechzehn also. Stumpen ausgenommen.» Wir
waren ein Stumpendorf und wenn die Buben Stumpen
rauchten, so sahen das die Eltern und Lehrer zwar
nicht gerne. Aber was wollte man: Sie waren Patrio-
ten, und duldeten das heimatliche Tun.

Nun sagte der Krämer eine Geschichte an aus seiner
Kleinbubenzeit. Es ging da um eine noch kleinere Krä-
merei als im eigenen Laden. Es ging um das

Bäsi

«Ein kleines, freundliches Weiblein war die Base zweiten oder auch dritten Grades meines Vaters. Sie handelte im Dorf etwas mit Stoff und auch mit Schürzen und Nachthemden, Taschentüchern und damals neuerdings sogar mit Pijamas. Himmelherrgott, so etwas verrückt Modernes! Nicht nur wir nannten sie Bäsi. Jedermann tat es. Ein Knirps war ich noch, als mich die Grossmutter zu diesem Bäsi mitnahm in eine grosse Stube mit lauter Gestellen und tüchernen Dingen. Es roch frisch angenehm in dem niedrigen Balkenraum und die beiden Frauen begannen sofort mit dem Befühlen der Ballen, mit dem Streicheln der Schürzen und anderer nützlicher Dinge.

Es gehe um ein Pijama für mich, sagte die Grossmutter. Die Grösse wurde bestimmt, die Auswahl dazu vorgelegt. Was mir gefallen würde? Was gefällt einem Zweitklässler? Alles ist recht. Zu warm dies? Zu kalt jenes? Wie sollte ich das wissen! Mehrere Muster lagen vor. Gegen keines hatte ich was. Sie lasen für mich aus, da waren noch zwei Stücke übrig zur Wahl - dies oder das? Ich wusste es nicht, es war mir wirklich gleichgültig. Schliesslich zeigten sie mir den wesentlichen Unterschied. Eines der Schlafkleider hatte eine kleine, aufgenähte Brusttasche, wie Hemden sie manchmal haben.

«Willst du das mit der Tasche?» fragte die Base. «Ja,» antwortete ich, «das mit der Tasche.» Aber auch die

Tasche bot für mich eigentlich nichts Besonderes. Die Tasche war mir ebenso unwichtig wie dieses ganze, langweilige Geschäft.

«Wofür brauchst du die Tasche denn?» fragte mich die Base nun.

«Ich brauche sie eigentlich nicht.»

«Dann kannst du ja auch das Pijama ohne die Tasche nehmen.»

«Ja, natürlich.» antwortete ich dem Bäsi.

«Aber dann hast du natürlich im Bett keine Tasche.»

«Nein, dann hätte ich keine Tasche.»

«So möchtest du doch lieber das mit der Tasche, denn immerhin ist dann doch eine Tasche dabei, sonst eben nicht.»

«Ja, doch lieber das mit der Tasche.»

«Was machst du dann mit der Tasche, wenn du eine hast?»

«Ich weiss es nicht.»

«Für etwas sind solche Taschen eigentlich da.»

«Ich könnte einen kleinen Bleistift hineinstecken. Vielleicht einen Radiergummi.»

Da mischte sich die Grossmutter wieder ein: «Meiner Treu, willst du denn im Bett schreiben?»

«Nein, eigentlich nicht.»

«Also keine Tasche?» so das Bäsi.

«Keine Tasche,» antwortete ich.

«Also ohne Tasche,» entschied die Grossmutter und mir war es recht. Aber das Bäsi sagte: «Vielleicht brauchst du die Tasche doch einmal, nimm das mit der Tasche! Man kann nie wissen!»

Wir nahmen das mit der Tasche. Man kann nie wissen! Sie war eine gute Frau, dieses Bäsi. Sie dachte an die Kunden. An das, was die brauchen, so wie meine Grossmutter. Zuhause zeigte sie das Pijama meiner Mutter. «Ein schönes Pijama für so einen Bub, sagte meine Mutter. Und die Grossmutter zeigte mit dem Finger auf die Stelle wo die kleine Tasche aufgenäht war: «Und es hat eine Tasche! Die Base hat eigens darauf geschaut!»

Unterdessen hatte sich die Wirtschaft gefüllt. Vater Bösiger spielte mit drei stummen Männern «Schieber». Nur ab und zu war da ein karger Ausruf zu hören: «Dreiblatt, Stöck, Hundert, vier Asse» und einmal laut und unter Lachen «Matsch!» Ganz hinten sass eine andere Spielerrunde. Da hörte man gar nichts. Diskret waren diese Leute: der Apotheker, der Fabrikant, der pensionierte Grosshändler und zwei weitere stille Gäste. Sie spielten da ein schwieriges Kartenspiel, das sie Aargauer Skat nannten und das niemand lernen mochte, zu schwer war es, zu unflüssig im Vergleich zu den gewohnten Jassarten Schieber, Bieter, Handjass, Pandur oder Miesling. Mehrmals hatten sie den Generalstabsoffizier anzulernen versucht, aber wenn er endlich begriffen hatte, blieb er solange aus, dass er alles wieder vergass. Sie mussten ihn als Kandidaten abschreiben. Andere stiessen dann dazu aus andern Dörfern, so dass immer eine leidlich genügende Mannschaft zusammenkam. Das war kein Jassertisch, das war die stumme Versammlung eines Schachclubs für Fortgeschrittene. Nun sassen sie wieder dahinten, allein und weit von allem an ihrem heiligen Tisch. Auch vorne, wo die sprechenden, lachenden andern Gäste sassen, alles ausnahmslos Männer auch hier, war fast jeder Platz an jedem Tisch besetzt. Aber dann kam noch einer herein, mit zielbewusstem Schritt ging er zum leeren Stuhl seiner raschen Wahl, setzte sich stumm, nickte in die Runde und bestellte dann mit lauter, etwas schnurrender Stimme Roten. Es war Wiederkehr Aeni, Zimmermannsmeister und ein eigenwilliger Kauz. Nie hatte er in seinem nun auch den Siebzig sich nähernden Leben ein Auto gefahren, noch eines besessen. Ein altes schwarzes Velo mit Rücktritt und ohne Gänge war sein Fahrzeug. Damit fuhr er zu den Kunden und auf die Baustellen. Schon sein Vater hatte das getan, mit dem gleichen, schwarzen Fahrrad.

Wer ihn nicht kannte, diesen Wiederkehr, der unterschätzte ihn leicht. Dabei war er einer der klügsten Köpfe im Tal, wenn nicht der Klügste überhaupt. In der Bezirksschule war die Eins die beste Note, Fünf die schlechteste. Der Mathematiklehrer gab strenge Noten. Eine Eins war sehr selten, nur nicht für Wiederkehr. Er hatte in den mathematischen Fächern überhaupt nie eine andere Note. Eine Eins ist eine Eins. Das lässt sich einfach nicht mehr verbessern, die Skala ist ausgeschöpft. So erfand der Mathematiklehrer für Wiederkehr die «grüne Eins», die noch besser war als eine gewöhnliche Eins. Als der Jüngling aus der Schule kam, liess ihm der Mathematiklehrer regelmässig Aufgaben für höhere Ansprüche zugehen. Über denen sass Wiederkehr, löste sie, schrieb Bemerkungen dazu und liess sie wieder seinem ehemaligen Lehrer bringen. So korrespondierten sie eine Weile hin und her wie befreundete Gelehrte.

Man kam jetzt darauf zu sprechen. «Wie war das damals mit dem Kreis?» fragte einer.

«Was soll da mit dem Kreis gewesen sein? Mit dem Kreis ist vieles gewesen, mit dem Kreis ist auch heute noch vieles. So erzähle ich euch Folgendes vom

Kreis

Elf Stäbe stecke in gerader Linie in die Erde! Du wirst nun zehn Zwischenräume zählen. Elf Stäbe ergeben also zehn Zwischenräume. Aber gemach!

Stelle deine elf Stäbe nun im Kreise auf und zähle die Zwischenräume erneut! Du wirst nun auf deren elf kommen. Wer also viele Zwischenräume will, wird den Kreis der geraden Linie vorziehen. Der Kreis schenkt, ohne eines weiteren Stabes zu bedürfen, einen zusätzlichen Zwischenraum. Woher nimmt er ihn?

Viel ist darüber philosophiert worden. Der Kreis, so hiess es etwa in der neueren Lehre, sei nicht euklidisch. Falsch! Er ist es, solange er auf einer Ebene steht. Und wiewohl es die ungekrümmte Ebene auf unserem Planeten wohl nicht gibt, so haben wir sie ebenso angenommen wie die Geradheit der Linie, auf die wir die elf Stäbe ursprünglich brachten. Aber selbst auf einer unebenen Fläche ist der Kreis der Geraden oder Pseudogeraden voraus.

Dem Kreise, wie allerdings auch noch anderen geometrischen Formen wohnt die Eigenschaft inne, einen zusätzlichen Zwischenraum zu erzeugen. Bleiben wir aber beim Kreis, der sonst wie folgt definiert wird: Er ist der geometrische Ort aller Punkte, die von einem andern Punkt den gleichen Abstand haben und der − müssen wir noch beifügen − aus sich selbst heraus

Zwischenräume hervorbringen kann, die es in der Linie nicht gibt.

Der menschliche Geist ergreift dies nicht leicht und es würde mich wundern, wenn eure Köpfe da eine Ausnahme machten.»

«Mein Vater pflegte mir auch Denkaufgaben zu stellen, vielleicht nicht so ausgefeiltes Geometrie- und Algebrazeug wie dein toter Lehrer Guschti. Aber schwer war es manchmal auch.» Das sagte der Krämerssohn, der schon Jahrzehnte auswärts wohnte, in letzter Zeit aber wieder häufiger in seine Heimat kam. Und da das Vaterhaus verkauft und die Verwandtschaft auch ausgeflogen oder gar ausgestorben war, kam er regelmässig ins «Wirtshaus zum Seethal». Hier erwartete er, alte Bekannte zu treffen und diese Hoffnung narrte ihn selten. So hörten ihm auch heute mehrere Bekannte zu, als er wie folgt erzählte:

Die Gabel

«Wieviele Zinken hat des Teufels Gabel?» Mein Vater fragte mich dies bei Tisch und ich zählte rasch an meinem Essgerät nach: Vier waren es, also antwortete ich: «Wohl fünfe.» Aber mein Vater lachte mich aus. Eine Gabel mit soviel Zinken sei schon keine Gabel mehr, sondern eher eine kleine Schaufel oder ein Löffel oder Rechen. «Dann wird er wohl mit zwei Zinken essen.» Aber mein Vater war mit dieser Antwort sehr unzufrieden. Mit einer zweizackigen Gabel liesse sich im Munde nicht fuhrwerken. Da stäche sich der Teufel ja allezeit in die Zunge. So nahm ich vier an oder drei, was ich bei unserem Besteck auch schon etwa gesehen hatte. Jetzt wurde mein Vater ernstlich böse: «Der Teufel ist kein Mensch und isst nicht wie ein Mensch.»

«Aber wenn er keine fünf- oder noch mehrgliedrige Gabel benutzt, weil das überhaupt keine Gabel wäre, wenn er unsere drei und vier Zinken nicht verwendet, wenn ihn ein Zweizack in die Zunge piekt, wie soll denn seine Gabel beschaffen sein?»

«Mein Sohn, das habe ich dich gefragt und du sollst die Lösung finden, nicht ich. Wenn du nicht lernst, selbstständig zu denken, wirst du es im Leben nicht weit bringen.»

Oft habe ich das Problem überdacht, oft glaubte ich mich nahe an der Lösung. Ich bin nie einem Teufel begegnet, sei er nun mit oder ohne Gabel dahergekommen. Mehr und mehr neige ich heute dazu, die Existenz von Teufeln völlig zu bezweifeln. Damit hat sich das Problem aber nur verschoben, ja, es ist noch schwieriger geworden: Wieviele Zinken hat ein Wesen an seiner Gabel, wenn es dieses Wesen überhaupt nicht gibt? Darf aus der mangelnden Existenz des Teufels abgeleitet werden, dass auch keine Teufelsgabeln vorkommen? Der Schluss scheint mir voreilig und nach den Regeln der formalen Logik nicht begründbar. Also: Wieviele Zinken hat die Gabel des Teufels nun, und zwar unabhängig davon, ob es den Teufel gibt oder nicht?

«Mein Vater ist tot und aus mir ist, wie er das schon immer befürchtet hatte, im Leben nichts Rechtes geworden. Aber ihr Oberschlauen könntet vielleicht eine Antwort wissen.»

Keiner wusste eine, aber sie behandelten das Problem noch eine ganze Weile her und hin. Vernehmt es, ihr vornehmen Schnösel aus der Stadt: Auch in einer simplen Bauernwirtschaft wird trefflich philosophiert!

Das erwies sich auch eines andern Tages, als ich, der ich alle diese Begebnisse wahr und getreu schildere, im «Seethal» anrief. Mein Umgang ist bescheiden im Leben, aber meine Frau kennt viele Grosse dieser Welt. Da waren sie nun gekommen, solche Grössen: Ein Opernsänger von New York bis Salzburg und von der Scala bis nach dem auserlesenen, ausgesuchten, exklusiven Glyndebourne. Ich erwähne weder Covent Garden noch Zürich, zu plebejisch erscheinen mir diese Orte. Nennen wir ihn, der hier einen Decknamen braucht, Sir Henry. Er sprach gut deutsch, verstand unsere Mundart, aber noch besser sprach er Englisch. Und seine Frau war auch gekommen, womöglich noch berühmter als er, eine Sopranistin, möge sie hier einmal Clare O'Connor heissen. Jeder sieht ihr damit die Irin an und ausser Irisch spricht sie natürlich Englisch. Aber sie kann auch Deutsch und sie kann aus Gründen, die ich hier nicht zu verraten gedenke, besser Züridütsch als du und ich, lieber Leser. Und das Büblein war dabei, zwei, drei, vier Jahre alt damals. Es hiess Jonathan und Jonathan ist wirklich ein schöner Name. Also die waren zu Besuch in der Schweiz, es ging hoch und lustig zu und wir luden sie zu einem bäuerlichen Mittagessen ins «Wirtshaus zum Seethal» ein. Der Wirtin Margrit telefonierte ich vorher. «Welche Würste sind vorrätig? Rösti oder Geschwellte? Salat mitten im Winter? Was an Gemüse?» Sie lachte durch den Draht und sagte, wir würden wohl alle schon zurechtkommen.

Vor dem «Wirtshaus zum Seethal» lag ein wenig Schnee, hinter dem Haus etwas mehr. Jonathan hatte so etwas noch nie gesehen, denn dort, wo er wohnte, ist es nie kalt und nie warm. Wie kann man da England rühmen? Wir traten ein, Max, der Wirt und Bauer war auch da, seine Frau Margrit natürlich, aber sonst kein einziger Gast im Raum. Wer hat mir später gesagt, Margrit habe den Jacky Maus und Giuseppe kurz vorher hinauskomplimentiert? Sie seien heute fehl am Platz, Leute kämen, die keine lauten Töne vertrügen. Vornehme Leute, gewissermassen. Da verzogen sie sich. Mit vornehmen Leuten wollten sie nichts zu tun haben, auf vornehme Leute ist kein Verlass. Wer weiss, was aus einer solchen Begegnung noch entstehen kann!

Da sassen wir also gemütlich zusammen: Der lyrische Tenor, die irische weltberühmte Diva, der schneeverrückte Jonathan, Margrit, die Wirtin, Max, der Wirt,

meine weltkundige Frau und ich selbst in meiner einge-
standenen Unwichtigkeit. Die Sprache war Englisch.
Ich staunte, wie perfekt es Margrit sprach. Und ich
staunte weiter, Max sprach es auch perfekt. Sie hatten,
wie ich erst jetzt erfuhr, beide längere Zeit auf der Insel
gelebt und meine Wenigkeit stand nun auch in diesem
Punkte weit hintenan. Bald drehte sich das Gespräch um
Musik und Opernaufführungen. Bei Gott! Auch davon
verstehe ich wenig. So nahm ich Jonathan an der Hand
und ging hinaus, um ihm etwas beizubringen, was ich
verstand: Ich drückte Schneebälle zusammen, er lernte
rasch und wir bewarfen uns fleissig. Der nasse Schnee
war am Schmelzen und etwas schmutzig. Dann lief
Jonathan durch Scheune und Stall und weil er einmal
ziemlich in den Dreck fiel, drehte ich ihn in einer
Schneemade um und um. Das war ein Gegröle, Gequiet-
sche und Geschrei. Soviel englisch kann auch ich.

Als wir nach einer guten Weile wieder hineingingen, tra-
fen wir auf eine Idylle. Max unterhielt die zwei Damen
im Gastraum aufs Angeregteste und in der Küche sass
Sir Henry und half Margrit Kartoffeln schälen. Weder
Jonathan noch ich schienen da besonders nötig zu sein.
Aber er bekam ein Sirüplein und ich ein Bier.

Nach dem Essen sassen wir noch lange beisammen.
Aber wir mussten zum Aufbruch mahnen. Clare hatte
morgen eine Aufführung, Sir Henry wollte mit Jonathan
auf die schneelose Insel nach Hause fliegen. «Wer zu
früh aufbricht, zerbricht sein Glück.» Ich hatte dieses

Sprichwort, das nun da aus Maxens Munde kam, noch nie gehört. Vielleicht hatte er es auch eben erst erfunden. Bei einem Bauernwirt, der englisch spricht, ist nichts unmöglich. Wir nahmen Abschied.

Wir fuhren noch zum See hinunter. Ich wollte ihnen meine Heimat zeigen. Dazu gehörte auch der See. Aber er lag nun im Winter grau und unansehnlich da. Kein Fischlein liess sich blicken. Einige mürrische Blässhühner stritten um ich weiss nicht was und weiter draussen schwammen unbeweglich die Haubentaucher hoch im Wasser. Wir nennen sie hier Hauen. Sie leben von Fischen und sind deshalb jedes Anglers Feind. Da schwammen sie also weit draussen und Jonathan lief auf den hölzernen Bootssteg hinaus, um sie zu fangen. Clare lief ihm nach, um ihn vor dem Sturz ins eiskalte Wasser zu behüten. Da hatte er aber schon umgekehrt und lief uns wieder zu.

Beim Drehen verlor aber nun Clare den Halt und geriet ins Wasser neben dem Steg. Ihr Bein verfing sich zwischen zwei Pfosten. Sie konnte sich zwar rasch selbst wieder auf den Steg ziehen. Das Bein war aber verletzt und es muss sehr geschmerzt haben. «Wer zu früh aufbricht, zerbricht sein Glück.» Ich dachte an Max. Es scheint dass Sir Henry seine Familie aber ohne weitere Unfälle nach Zürich, und dort seine Gattin zu einem Arzt brachte. Sie hatte am nächsten Tag eine Hosenrolle, so ging es einigermassen.

Aber eine Lehre muss man doch aus der Begebenheit ziehen: Wer im «Wirtshaus zum Seethal» Einkehr hält, sollte sich Zeit nehmen. Das gehört zum Wesen des Hauses. Und wer eine anständige Blutwurst will, der soll auch Zeit haben, auf sie zu warten. Mittelmässige Blutwürste bekommst du überall. Aber Giuseppe weiss, warum er ins «Seethal» kommt.

An einem nebligen Nachmittag sassen einige von den Älteren in der Wirtsstube. Es dunkelt schnell im November, schon um drei Uhr ahnt man die Dämmerung. Drei Uhr war es und der angesehene Herr Dr. Walther erzählte von den alten Zeiten. Sie waren einerseits besser gewesen und sie waren andererseits auch schlechter gewesen. Sie waren anstrengender gewesen und auch wiederum beflügelter. Da war Ehre und Schande entstanden wie auch heute, und Erfolg und Gewissen lebten nebeneinander, wir kennen es nicht anders. Er erzählte nun von jenem

Johann

im Dorf, der den Beruf des Baders erlernt hatte und Zähne zog mit einem zweckmässigen Gerät, das allerdings schreckhaft aussah. Schon mit leichter Drehung geriet seine schwarzstählerne Zange derart straff um das Objekt, dass niemand und nichts sie wieder zu lösen vermochte. Selbst des Baders Kunst versagte da des öfteren: Wollte er lockern, zum Beispiel, um vom irrtümlich gewählten Zahn auf den kranken umzusetzen, so geschah es oft genug, dass man nun zuerst den gesunden ausdrehen musste. Anders kam die Zange nicht frei. Was ist schon dabei? Auch gesunde Zähne werden einmal krank. Wenn sie schon früher entfernt werden, erspart man sich Schmerzen und Kosten.

Aber dieses Bruder Johannes Sinn stand nicht nur nach fremden Zähnen, aufgeschnittenen Eiterbeuteln, nach Schröpfen und blutnehmenden Egeln, nach Haarschnitt und sauberer Rasur, sein weitreichender Sinn stand nach dem Handel im Grossen. Früchte sollten es sein. Er war ein unternehmender Mensch, sein Nachbar, der Deckerli auch. So taten sie Geld zusammen und gingen ein Stück Weges zu Fuss, denn die Bahn kam damals erst bis nach Mosen. Von da an aber nahm sie die beiden, allerdings mit Umstieg und Umstieg bis nach Mailand mit, wo sie die Sprache nicht verstanden, wohl aber schöne, gesunde Äpfel zu einem Spottpreis sahen.

Sie erwarben von diesen Äpfeln, was ihr Geld erlaubte. Mehrere Bahnwagen waren es, denn der helvetische Franken galt viel gegen die wankelmütige Lira, selbst zur Zeit der lateinischen Münzunion. Ein Spottpreis! Ein Spottpreis! Sie errechneten es wieder und wieder, als sie in demselben Zuge sassen, der auch ihre Äpfel zog.

Schon im Lande Uri ging ein Teil der Ware mit bestem Erfolg weg, im Flecken Schwyz ein anderer Teil. In Luzern, wo die Ernte auch dieses Jahr verhagelt und verregnet war, erzielten sie leuchtende Preise. Die letzten Reste riss man ihnen gegen schweres Geld aus der Hand. So standen sie da in Luzern, äpfellos aber wohlhabend in sattem Gold. Den Zug bestiegen sie, der sie bis Mosen brachte, soweit die Schienen eben damals führten. Sie stiegen aus. Sie gingen ins «Kreuz». So hiess und heisst die Wirtschaft dort. Aufs Beste liess man sich verköstigen. Würzig war die Mosener Schweinswurst immer gewesen, ihr mögt über dieses Riedvolk im Mückensumpf sonst sagen, was ihr wollt.

Was aber sollte man trinken? Der saure Bettnauer, der dünnrötliche Heidegger, sie konnten nach den Mailänder Tagen kaum mehr als Weine gelten. Der einfache, ehrliche Obstwein, hierzulande Most genannt, wäre das Rechte gewesen. Wohlhabende Früchtehändler aber nehmen dieses Volksgetränk nicht, sagten sich Johann und Deckerli. So kamen sie auf das Workebier, das hier aus Hochdorf stammte. Es schäumte und schäumte wieder und man weiss, wie der Schaum auch des harmlosesten Brautrunkes wirkt. Sie sangen, als sie gingen. Schöne vier Kilometer Karrstrasse lagen noch vor ihnen, eine gute Strecke, um die Heimkehrfreude zu mehren.

Aber da war kein Mond, wo waren selbst die Sterne geblieben? Fürbass ging man und geriet seitwärts etwas ins Feld. Da stiess Deckerli seinen Kopf an einem Baume an, Johann den seinen am gleichen Baume ebenfalls. Wie kann das kommen? Sie schimpften und fluchten. Sie machten sich an den Stamm, der nicht allzu dick schien. Sie schimpften und schalten. Sie stiessen und stemmten. Es wankte der Baum, der Baum – er fiel.

Da aber trieb der Nachtwind die Wolken weg. Der Mond beschien die Szene: Deckerli und Johann hatten nicht einen Baum sondern ein Wegkreuz gefällt.

Es gelang den beiden, das Mal wieder aufzurichten. Mit seitlich eingetriebenen Steinen liessen sie es wieder Halt gewinnen. Ernüchtert und in banger Stimmung beschritten sie den weiteren Weg. Dort, wo ein behauener Block die Grenze der Kantone und der Religionen anzeigt, setzten sie sich nieder. Und sie sagten der eine dies und der andere das:

«Wir haben im katholischen Mailand für einen Spottpreis Äpfel gekauft!»

«Es sind heilige St.Georgs-Äpfel.»

«Wir haben sie im katholischen Land Uri segensreich zum Teil verkauft.»

«Im katholischen Flecken Schwyz lösten wir gutes Geld.»

«Luzern ist katholisch. Man hat uns die Ware mit Gold vergütet.»

«Und jetzt, da wir das altgläubige Gebiet verlassen, tun wir solches.»

«Wir haben uns versündigt.»

Wie sie so sprachen, reifte in ihnen ein Entschluss. Bescheiden traten sie zu Hause auf, ihrem hohen Gewinne zum Trotz. Sie liessen den Herbst auslaufen, den ersten Schnee nahmen sie hin, St.Niklaus kam und wich. Am Vorweihnachtstage aber gingen sie zusammen ins katholische Schwarzenbach, wo ein angesehener Pfarrer amtete, der in seinem Sprengel auch das kleine, sündige Mosen betreute. «Können auch Protestanten eine Stiftung machen?» Es wurde dies und jenes beredet. Alles davon weiss man nicht, denn selbst über abtrünnige Schafe breitet der Priester den schirmenden Schal des Geheimnisses.

Es gibt eine «Johann Weber und Rudolf Deckerli Stiftung». Aus den Erträgnissen bekommen die Schulkinder zu Mosen nun jährlich auf Martini ein weisses Brötchen. Es war ursprünglich unter den zwei Stiftern auch noch von einer Wurst die Rede gewesen. Aber die Zeit heilt nicht nur die Wunden sondern auch das schlechte Gewissen. Zudem können in Mosen aus zehn Schülern im Laufe der Jahre auch mehr werden – wer kennt diese Riedleute vom Moos?

Wir wissen nichts von Deckerlis weiteren Läufen, wohl aber vom guten Gedeihen dieses Johannes, der bald seinem Sohn das Balbieren und Badern überliess, sich selbst aber im Handel festigte, allerdings nicht mehr bis ins italienische Mailand hinunter. Im Jahre 96 ist er gestorben, vielleicht an einem Apfel, vielleicht an einem Bier. Das aber ist eine andere Geschichte.»

«Ich kenne diese andere Geschichte,» sagte der sonst eher schweigsame Herr Robert, der da in seinem dunklen Anzug mit Rock, Weste, steifem Kragen und unauffälliger Krawatte in der Ecke sass. «Ich kenne sie und jeder darf sie wissen. Es geht eigentlich um ein

Bier

Frevelhaft hatte jener Mann namens Johann gehandelt, als er zusammen mit dem nicht minder schuldigen andern Manne namens Deckerli in neblichtem Übermut und bei dunkler Nacht ein Wegkreuz fällte, versehentlich zwar, aber doch eigenhändig. Sie hatten zuvor gute Geschäfte mit St. Georgs-Äpfeln gemacht und daraufhin Bier getrunken, mitsamt dem schädlichen Schaum. Und wiewohl es Johann in Handel und Wandel auch danach förderlich ging, nahm er doch ein schlimmes Ende.

Die Bahn hatten sie nun von Luzern bis Beinwil weitergebaut. Daselbst wohnte Johann, daselbst arbeitete und wirkte er, und daselbst gab es auch eine Bahnhofwirtschaft. Das zeigte damals Fortschritt und Neuzeit an. Und es waren die fortschrittlichen Beinwiler, die sich dort jeden Donnerstag um elf Uhr zum Frühschoppen trafen, wenn der Zug aus Luzern einfuhr und Leute zu- und ausstiegen wie in der grossen Welt. Die Fortschrittlichen besahen zuerst den Zug, dann verfügten sie sich in die Wirtschaft und die Wirtin brachte Bier.

Das war auch an einem warmen Sommertag im Jahre

achtzehnhundertsechsundneunzig nicht anders. Johann beachtete den Schaum seines Bieres nicht, worin eine Hornisse schwamm. Er trank und ward in den Schlund gestochen. Hilfe war so rasch nicht zur Stelle und Johann erstickte unter würgendem Schmerz.

«So rächt sich die Untat doch, die ihren Ursprung vor vielen Jahren im Bierschaum hatte.» Dies war Johannes letzter Gedanke, bevor er sich dem Tode überliess. Ich war dabei.

Die Familie mochte einen solch unwürdigen Biertod nicht im Gerede haben. Sie streute deshalb aus, Johann habe in einen Apfel gebissen, auf dem, ihm unkenntlich, die todbringende Hornisse sass. Das streute die Familie aus und sie wusste nicht, dass der Deckerli auf eben diese Weise und eines St. Georgapfels wegen zu eben dieser Zeit im Orte Zürich verschied.»

«Düstere Geschichten erzählt ihr da. Da möchte ich doch etwas Lockeres beitragen, obwohl auch diese Sache im Monat November passierte.» Aeni Wiederkehr begann so und er fuhr fort und er sagte, sein Vater hätte das noch erzählt, es sei wunderlich aber auch verbürgt und von logischem Lehrwert darüber hinaus.

Es kam zu trübem Novemberabend, da keiner sonst kam, der Seepi-Köbu in die Wirtschaft am See, beileibe nicht in die Hiesige. «Bring mir einen

Zweier Kalterer

sagte er zu der nicht weiter beschäftigten Serviertochter Erika.

«Kalterer See oder Kalterer Hügel?» fragte sie, denn da waren zum Stolz des Wirtes zwei Gewächse erhältlich, gleich teuer, wohl auch gleich in Geschmack und Geruch.

«Kalterer Hügel,» sagte Seepi-Köbu. Er bekam seinen Zweier, wie es hierzulande Übung ist, in einem hohem Normalglas, oben auf die zwei Zehntelliter geeicht und wehe, man hätte die Marke auch nur um eine Nageldicke untergossen.

Aber das Mass stimmte. Köbu nippte, nippte ein zweites Mal und schob das werktägliche Ausgehhütchen etwas aus der Stirn. «Er ist mir zu sauer, Erika. Niemand sieht es, tausche ihn um: Der Kalterer-See müsste besser sein.» Niemand sah es. Sie goss den «Hügel» in die Flasche zurück und füllte das Zweideziglas mit dem verlangten «See».

Köbu nickte: «Der ist trinkbar.» Besinnlich sass er längere Zeit da, der einzige Gast am nebligen See. Sein Hütchen sass, wie es sass. Mählich leerte sich das Glas. Dann schickte er sich zum Gehen an: «Gute Nacht, Erika!»

«Ja, Köbu, guten Abend. Du hast aber noch nicht bezahlt.»

«Was habe ich nicht bezahlt?» So fragte Seepi-Köbu mit seinem Werktagshut auf dem Kopf.

«Den Kalterer-See hast du nicht bezahlt. Den Zweier Kalterer-See.»

«Aber dafür habe ich dir doch den Kalterer-Hügel gegeben, wie du genau weisst, Erika!»

«Den hast du aber auch nicht bezahlt, den Kalterer-Hügel!»

«Natürlich nicht. Ich habe ihn auch nicht getrunken. Wie soll ich Wein bezahlen, den ich nicht trinke?»

Seepi-Köbu verliess das Wirtshaus in seinem vom Alter angegrünten Werktagshut. Erika sah ihm nach.

Als der Wirt später selbst ins Lokal kam, erzählte ihm Erika die schwierige Sache. Aber ihm, dem Wirt, hatte die Gicht die Finger schmerzlich gekrümmt. Er kam vom See her, wo er aus der Fischenz im November noch Hechte und einige Trüschen gewann, für die Balchen war es zu früh, aber nicht für den Schmerz in den Fingerknötchen. «Was willst du,» sagte er gequält, «er wird wohl recht haben. Er war schon in der Schule immer der Pfiffigste.»

«Sie wissen doch auch noch viel von den alten Zeiten, Herr Robert, was könnten Sie uns davon erzählen?»

«Das liegt nun wirklich schon lange zurück und ich habe diese Geschichte über die hiesigen

Reben

von meinem Grossvater. Da gab es noch Reben im Dorf, heute erinnern nur noch Namen daran, wie die Flur «Weinreben», einen halben Kilometer von hier, wo jetzt Gras wächst und wo einige Bäume stehen. Aber vor der Zeit mit den Weinreben, da gab es eine Zeit ohne Weinreben, niemand kannte dieses Gewächs, niemand den Trunk, den man daraus keltert. Es war die alte, alte Zeit, als der liebe Gott noch auf Erden wandelte. Mein Grossvater hat sie auch nicht mehr erlebt. Von wem hatte er wohl dann die Geschichte? Ich weiss es nicht.

Aber damals ging nicht nur der liebe Gott über Land. Manchmal kam da auch der Leibhaftige aus der Hölle herauf und versuchte, die Menschen zum Bösen zu bringen. Wo heute Beinwil steht, gab es auch damals schon ein Dorf. Es war aber klein und hatte keinen Namen. Einige Bauern wohnten da, hielten Vieh und säten Korn. Friedlich lebten diese Vorfahren in Arbeit und Nutzen durch die Jahre, bis der Teufel den vergessenen Ort entdeckte und sich sagte: «Da kannst du dem lieben Gott wohl einige Seelen abstehlen.»

Er nahm Menschengestalt an, ging zum Dorf und warf

glitzernde Münzen in die Luft. «Was ist das?» fragte man ihn. «Ein gar nützlich Ding. Jeder will es und gibt euch dafür, was ihr wollt. Ich schenke euch einen Beutel voll davon.» So kam Geld ins Land. Aber es brachte keinen Segen. Die Ahnen der Beinwiler kauften in andern Dörfern, was sie brauchten. Sie bestellten ihre Äcker nicht mehr und liessen das Vieh entlaufen. Ihr Müssiggang machte sie unleidig, aufsässig und streitsüchtig. Da dachte der Teufel: «Meine Saat reift. Bald bringe ich die Ernte ein.»

Zu dieser Zeit aber kam der liebe Gott den Hobacher herunter und erkannte das Elend des Ortes. Er erbarmte sich der Verführten, nahm Menschengestalt an und rief sie alle zusammen. «Was ist das?» fragte er, indem er ihnen eine gebogene, scharfe Klinge zeigte, die in einem handlichen Holzgriff steckte. «Wir haben ein solches Ding noch nie gesehen.» «Das ist ein Rebmesser. Seine Bewandtnis und Anwendung ist so und so.» Da waren diese Menschen begierig, das Gerät zu erproben und sie vergassen den Müssiggang und das Geld und bauten Wein an. Das gelang wohl. Die Vorbeinwiler wurden wieder froh und fleissig und als der Teufel kam, um die verrotteten Seelen zu sammeln, da sah er nur Tüchtigkeit und Gottesfurcht. So zog er seinen Schwanz ein und entwischte verärgert. Man hat ihn in Beinwil bis auf den heutigen Tag nie mehr leibhaftig gesehen.»

Wohl aber eine

Hexe

nämlich deine Grossmutter.» Das sagte Aeni Wiederkehr zum Krämerssohn. Der ereiferte sich gleich und rief aus, dass es die ganze Gaststube hörte. Die Schieberjasser blickten auf, die klugen Aargauerskater runzelten die Stirne. Der Krämer aber fuhr weiter, jetzt etwas gedämpfter, ziemlich gedämpft sogar, wie man eben Geschichten von Hexen und derlei Gelichter erzählen soll.

«Wie soll meine Grossmutter eine Hexe gewesen sein, nur weil sie bei Nacht die Dinge sah, die andere auch bei Tag nicht bemerkten? Sie hat eines Abends um elf Uhr kartenschlagend den Tod des Luzius vorausgesagt, gegen alle lachende Widerrede: Keinen lustigeren Burschen gebe es im Dorf, sorgenfrei könne er leben und jede Ledige laufe ihm nach. Sie aber schaute und sagte: «Ich sehe ihn hängen am Aste einer jungen Buche.» Und nicht lange ging es, da hing er wirklich.

Sie hat eines andern Abends um elf Uhr geschrien wie ein todwundes Reh: «Emil ist erschossen in Amerika. Ich sehe ihn tot und ich sehe viel Gold und Geld.» Die Nachricht ist dann gekommen von jenem Emil, aber weder Geld noch Gold.

Sie warf eines dritten Abends ihre Hölzer rückwärts über die Schulter und schaute lange: «Ich sehe Krieg und Unheil. Toni wird zurückkommen aber ihm fehlt ein

Unterarm.» Es geschah so. Ihr Bruder Toni kam invalide aber sonst gesund zurück und er starb erst an der grossen Grippe, die im Jahre 1919 die Leute auch in Beinwil dahinraffte.

In der Familie glaubte man an diese Nachtsicht, denn man hatte sie zu genügenden Malen selbstäugig erlebt. Aber sonst lachte im Dorfe jeder, der jung und dem Tage zugewandt war. Alten Weibern soll solcher Aberglaube eben manchmal eigen sein.

Aber vieles geschah, das keiner übersehen konnte. Der Bierifrau wurden Bohnen aus dem Garten gestohlen. Noch in der nächsten Nacht verwies meine Grossmutter auf die böse Küferin. Man traf sie beim Abfädeln der Bieribohnen.

Der gichtige Schifferli zählte seine Kinder, was er selten tat. Da Hans fehlte und weiter fehlte, musste man ihn wohl suchen. Bei Nachteinbruch gab meine Grossmutter den Verbleib an: Da lag dieser Hans mit gebrochenem Knöchel einsam im Uferschilf des Sees und niemand hatte ihn dort rufen hören.

Sie sagte einen besonderen Maikäferfrass voraus. Er kam und darauf dann die Engerlingsplage.

Der Milchmann solle aufpassen, wenn er die Bahnschienen quere. Er passte aber nicht auf und wurde überfahren.

Das Dorli bekäme ein Kind. Das Dorli war nicht verheiratet, das Dorli hatte nicht einmal Bekanntschaft, von der man gewusst hätte. Aber das Dorli bekam ein Kind.

Der Pfarrer im Nachbardorf müsse gehen, an Weihnachten sei er schon weg. Und es ergab sich, dass die Leute dort sich mit ihrem Hirten zerstritten, wer weiss weshalb. Sie liessen seine Kirche leer und hielten die Kinder vom Unterricht zurück. Er ging, und zu Weihnachten predigte schon ein anderer.

Das Altersasil werde abbrennen, nicht unseres, das andere, das beim grossen Feuerweiher. Es brannte lichterloh, wie es die Grossmutter nächtens vorher gesehen hatte. Da aber ihre Voraussagen bekannt waren und jeder sich vorsah, kamen weder Tiere noch Menschen zu Schaden. Nur der krumme Kurt, ein Karrknecht, erlitt den Tod durch einen stürzenden Glutbalken. Auch das hatte sie vorausgesehen und schon damals gesagt, dieses Opfer sei auch der Zeusler.

Nach alledem kam meine Grossmutter auch bei den Zweiflern in den Ruf der klaren Nachtsicht. So kündigte sich eines Abends der gesamte Gemeinderat an. Bewirtung sei nicht nötig, sie brächten Brot und Speck und Wein. Die Grossmutter stellte die Gläser bereit, Holzbretter und Messer. Sie kamen, grüssten umständlich, wie es auf dem Lande üblich ist. Als sie endlich sassen, griffen sie zuerst zu Brot und Speck und nahmen von ihrem Wein einen ersten Schluck zu Munde.

Erst jetzt kamen sie zur Sache. Die Gemeinde habe aus grosser Sparsamkeit über die Jahre die und die Summe, eine grosse Summe, auf der Bank. Andere Gemeinden steckten in Schulden, so der Kanton, so das liebe eidgenössische Vaterland. Wie solle man nun dieses Gemeindegeld günstig anlegen, die Bank habe Vorschläge gemacht, man wisse ja aber nie. Aktien seien gewagt aber im guten Falle überaus lohnend. Der Ammann zog eine Liste hervor. Meine Grossmutter hatte nie von diesen Firmen gehört, auch ausländische waren dabei. Sie legte Karten, sie warf Hölzer, der Gemeindeschreiber musste Wein auf ein Tuch träufeln, der Gemeindegutsverwalter den Flaschenzapfen dreimal drehen. «Gebt mir die Liste,» sagte sie dann und verbindet meine Augen. So tat man. Mit einer Stricknadel stach sie in das Listenpapier und traf ein fremdländisches Papier, das die Bank beinahe nicht zu empfehlen gewagt hatte. Nennen wir es die Copper Company mit Sitz im unbekannten Kanada.

Man sprach noch hin und her. Aber meine Grossmutter konnte ihren blinden Nachtsichtentscheid nicht begründen. So wagte der Gemeinderat nur ein geringes Kapital auf das kanadische Papier, anders allerdings die Gemeinderäte selbst. Der eine mehr, der andere weniger: Sie kauften Copper Company. Und wer im Dorfe Geld anzulegen hatte, der kaufte Copper Company. Als auch im weiteren Kanton bekannt wurde, dass eine der Hexerei verdächtigte Frau, die sich in der Zukunftsschau bisher nie geirrt habe, die Copper Company empfohlen hatte, als dies also bekannt wurde, da kaufte jedermann Copper Company. Schon begannen die Kurse zu steigen, aber nun kauften auch die Genfer, Zürcher, Basler von den Papieren. In Deutschland wurde die Sache ruchbar. Paris griff zu und plötzlich und eilends das damals hochwichtige London. Copper Company war überall gesucht, die Kurse stiegen täglich, die Kurse hatten sich vervierfacht, sie stiegen weiter, denn auch New York stieg ein. Man hatte dort von der Weissagung einer geheimnisumwitterten alten Frau im alten Europa gehört.

Da fiel dem Gemeinderat ein, sich dankbar zu zeigen. Er kündigte sich an mit Brot, Speck und Wein. Meine Grossmutter rieb die Gläser aus und legte Schneidebretter auf. Umständlich geriet die Begrüssung. Schliesslich sass jedermann. Der erste Schluck war getan und der Gemeindeammann gab gute Worte des Dankes von sich: Das Gemeindevermögen habe nun noch um den und den Betrag zugenommen. Nie wäre es auch bei grösster Sparsamkeit möglich gewesen, in den nächsten fünf Jahren soviel Überschuss zu machen.

Nur zum Spass fragten sie meine Grossmutter nach dem weiteren Verlauf der Kupfer-Kurse. Die Gemeinderäte waren sich einer weiteren Zunahme gewiss. Die bisherige Steigerung war stetig, ruhig und ununterbrochen gewesen. Warum sollte es nicht so weitergehen? Zudem kam Kriegsgefahr auf. Kupfer war begehrt. Meine Grossmutter warf die Hölzer, zog Karten und blies in die rauchenden Kerzen. «Verkauft schleunigst diesen Kupfer- Kram!»

Frühmorgens erteilte die Gemeindegutsverwaltung den Auftrag zum Verkauf. Die Ortssässigen taten, sofern sie von diesen Papieren besassen, ebenso, die kleine Lokalbank folgte. So sprach sich im Kanton, in der Schweiz, in Europa, in der ganzen Welt herum: Die Wahrsagerin rät zum Verkauf. Alles verkaufte. Die Kurse fielen. Ungeschoren kamen die Gemeinde und die näheren Leute davon, nein, grosse Gewinne steckten sie ein. Arm blieb nur meine Grossmutter. Wenig nützte ihr die Flasche Wein, die sie jährlich bis zu ihrem Ende von der Gemeinde zu Weihnachten geschenkt bekam.»

«Ist eine solche Wohltäterin eine Hexe?»

«Du hast alles verdreht und dazugedichtet hast du auch noch. Sei ehrlich und erzähle die Sache mit der Uhr!»

So war der Krämer ehrlich und erklärte die unerklärliche Begebenheit von der

Wanduhr

«In der Stube meiner Grossmutter, die eine Wohltäterin und keine Hexe war, hing eine ganz gewöhnliche Wanduhr. Das Gehwerk lief genau und wurde auch immer rechtzeitig wieder aufgezogen. Nicht so das Läutwerk. Der Ton klang da nämlich unheimlich gemessen und totendumpf. Niemand wollte solches ins Ohr bekommen. Also blieb das Läutwerk unaufgezogen, nie sollte diese Uhr schlagen. Und doch schlug sie manchmal und jedesmal, wenn dies geschah, starb ein Mensch in der Verwandtschaft. Das war die seltsame, übersinnliche Bewandtnis dieser Wanduhr.

Eines Abends sassen da mehrere Frauen zu Besuch bei meiner Grossmutter. Die Tante Josephine, die Frau Römer aus Zürich, die Frau Härri aus Beinwil, meine Mutter - wer noch? Ich, fünfjährig, ganz unscheinbar in eine Ecke gedrückt, damit man mich vergessen möge. Denn ich wollte nicht ins Bett. Zuhören wollte ich, wie hier von Lebenslust und -leid und von übersinnlichen Begebenheiten gesprochen wurde. So übersahen und vergassen sie mich. Die Grossmutter erzählte von der Uhr, deren Bewandtnis aber schon allgemein bekannt war. Als Emil in Amerika zu Tode geschossen wurde, da hatte sie gegen alle Regeln geschlagen und als der Walter in Russland fiel, ebenfalls. Auch den Tod des jüngeren Bruders der Grossmutter, Toni, hatte er geheissen, auch dieses Bruders Tod sei von der Wanduhr gemeldet worden, unverlangt, unerbittlich.

Da plötzlich schlug die unaufgezogene Uhr grässlich in den damaligen Abend hinein. Entsetzen kam über die Frauen. Frau Römer rief: «Ich bin nicht verwandt, ich bin nicht verwandt!» Da schrillte schon das Telefon. Meine Mutter ging bleich zum Apparat. Dann kam sie zurück: «Für Euch, Frau Römer.» Frau Römer rief: «Ich

bin nicht verwandt, ich bin nicht verwandt!» Aber sie
ging zum Telefon und erfuhr, dass ihr ältester Sohn unter
den Zug gekommen sei. Tot liege er nun da und da.
Sie möge ihn noch identifizieren als Mutter. Denn der
Sohn war ledig gewesen, hatte bei der Mutter gewohnt
und der Vater Römer war schon vor langer Zeit an der
Neunzehnergrippe gestorben. So hatte die Uhr auch dieser nicht verwandten Frau Römer ihr Unglück ange-
zeigt.»

«Wo ist die Uhr heute?»

«Wir haben sie mitten aus der kümmerlichen Erbschaft
heraus in der Abraumhalde über dem eingedeckten
Dorfbach mit der Axt zertrümmert.»

Nur kurz schwieg die Runde, dann kam Vater Bösiger
dazu. Sie hatten ihren Schieber beendet. «Hast du
gewonnen?» fragte ihn der Gloorbüebu, der kein Büebu
mehr war sondern der älteren Generation angehörte und
doch noch zu recht ein Büebu hiess, denn ein schlauer
und durchtriebener Bub war er geblieben. Wenn sie
unten und oben im Lande und vom Bodensee bis ins
Welsche hinein die grossen Festhütten aufstellten, da
war er dabei. Lief er dann auch noch mit einem Papier-
hut in den Rängen und in den Bänken herum und
verkaufte Schinkenbrote? Es mag auch ein anderer
gewesen sein, aber dieser Gloorbüebu, genau dieser sass
jetzt da und fragte, wann war das mit der Uhr, ich meine
mit dem Zertrümmern der Uhr?»

«Dann und dann wohl, die Grossmutter ist im Vierundfünfzig gestorben.»

«Jetzt ist alles klar! Die Uhr hat den Kehrricht verhext! Plötzlich wurden die Ratten mit den Grillen nicht mehr fertig. Die Grillen strömten aus ins ganze Dorf. Wir hatten ein fürchterliches Grillenjahr. Ich weiss es, ich wohnte nahe am Kehrichthügel, ihr wisst es! Die Grillen kamen heraus und überwanderten das ganze Dorf.»

Andere erinnerten sich an die Grillenplage. In jeder Ritze, jedem Zimmer, jeder Stube jedes Hauses verbargen sich zwei oder drei davon und hielten sich stumm, solange Licht und Menschen da waren. Aber nachher, wenn man einen Raum verliess, zirpten sie auf und auf und auf und wenn man dann listig und schnell wieder eintrat und Licht machte, war nichts mehr zu sehen.

Die Grillenplage war ungefährlich aber doch lästig. Im Wirtshaus zum Seethal wurde der

Antigrillenverein

gegründet. Vater Bösiger erinnerte sich: «Ja, sie haben diesen Club gegründet. Sofort gab es einen Präsidenten und einen Kassier. Jeder, der in der Wirtschaft jasste, musste Zwanzig Rappen in die Kasse geben. Keiner war damals, der es nicht tat.»

«Was haben sie dann mit dem Geld getan?»

«Sie gingen noch in den Löwen und in die Vorstadt, auch in die Brauerei und ins Rütli. Überall haben sie zwei Batzen eingefordert und erhalten.»

«Und dann? Wie wurde das Geld verwendet?»

«Sie gingen auf die «Platte». Dort haben sie es vertrunken und dabei den Grillen mehrfach und vor Zeugen Feindschaft geschworen.»

«Wer waren sie denn eigentlich, diese Mitglieder des Antigrillenvereins?»

«Nur zwei, der Präsident und der Kassier.»

«Das ist ja ein Skandal. Hat da niemand aufbegehrt?»

«Nein, denn die Grillenplage ging zurück und einer hatte ein Zahnrädchen von der alten Wanduhr bei sich. Das zeigte er herum. In diesem Rädchen stecke die Antigrillenkraft.»

«Deine Grossmutter war doch eine Hexe, Krämer.» sagte Wiederkehr.

«Meine Grossmutter war keine Hexe!» er zürnte, zahlte, ging.

«Jetzt hast du ihn vertrieben, Wiederkehr. Vielleicht kommt er nicht mehr, vielleicht kommt er überhaupt nicht mehr ins Dorf. Du hast ihn verärgert und vertrieben!»

«Was kann ich denn dafür, dass seine Grossmutter eine Hexe war?» Auch er zahlte und ging.

«Ewig diese Streitereien,» sagte einer und da kam nun glücklicherweise ein Mann herein, den alle gut mochten, Hans Hofer. Er kannte viele Sprachen dieser Erde und manche sprach und schrieb er so, dass er ein Deutscher, ein Franzose, ein Italiener, ein Spanier, ein Engländer oder gar ein Russe hätte sein können. Oder vielleicht auch ein Kroate, ein Neugrieche, ein Portugiese, ein Türke, ein Japaner, ein Araber? Von seinen weiten Reisen konnte er den Schülern vieles erzählen, denn er war ein höherer Lehrer. Da kam er also im rechten Augenblick herein, wo die Streithähne gegangen waren und die übrigen Gäste gerne etwas Neues und Friedliches hören wollten. So fragte der Operettenfils: «Welche Sprache sprichst du eigentlich am schlechtesten, du, der du sonst alles kannst?»

«Ich kann weidlich wenig. Aber am wenigsten weiss ich von

Mahubi

«Was ist Mahubi?»

«Eine tropische Inselsprache in Südostasien, vielleicht

dem Malaiischen nahe. Die Grammatik könnte einfacher nicht sein.»

«Sag was auf Mahubi!»

«So schreibt auf und lernt es!»

Niemand machte Anstalten dazu. Da verlangte Hans Hofer eine Jasstafel mit Kreide und schrieb:

ja   wa oder auch waba
nein   wama oder auch waba

«Wie kann «waba» nein heissen und gleichzeitig ja? Du willst uns auf die Gabel nehmen. Aber wir sind noch nicht besoffen, obwohl wir es demnächst sein werden. Margrit, noch einen Zweier, nein einen Dreier!» Das war der Operettenfils gewesen. Nein, es war nicht der Operettenfils gewesen. Der hätte Bier bestellt.

«Die Mahubi sagen nicht gern «nein». Das gilt als unhöflich. Da sagen sie eben häufig ja, meinen aber eigentlich nein.»

«Wie zum Teufel soll da einer drauskommen?»

«Das braucht Gefühl.»

Da schwieg die Runde. Man redete nicht gern von Gefühl. Und wenn das sogar noch nötig war, um eine

Sprache zu lernen - mein Gott, dann sollte man das eben diesem Hofi überlassen. Und doch fragte ein anderer: «Weisst du noch mehr Wörter?» Da wischte Hans Hofer ja und nein aus und schrieb:

bitte	lu-ba
eins	isá
zwei	dalawá
drei	tapó
Hunger	guto
Durst	gotu
Bier	diligin bibu
Wasser	diligin
Fisch	ipapa
Huhn	Kiki

«Güggel heisst Kiki! Er will uns foppen! Foppen will er uns!»

Da drohte schon wieder eine ungute Auseinandersetzung. Aber der kluge, alte Herr Bösiger nahm der Sache den Stachel, indem er sich ablenkend an Dr. Hofer wandte, den Weitgereisten, den Sprachfertigen, den Kenner fremder Völker und fremder Art: «Waren Sie nicht letztes Jahr in Russland? Wie sieht es da jetzt aus?»

«Ach, man kann es in allen Zeitungen lesen. Was soll ich da noch berichten? Jedermann weiss alles.»

«Aber die Leute, das einfache Volk auf dem Lande, was sagen die?»

«Ich werde euch eine Geschichte erzählen, da seht ihr, dass sich nichts geändert hat seit der Zeit des grossen Zaren Peter, ja nicht einmal seit Iwan, dem Schrecklichen oder Stalin, dem noch Schrecklicheren. Nichts hat sich geändert in der grossen Seele des einfachen Volkes, denn ich hörte da eine Geschichte über eine

Kuh

Die erzählten sie so: «Der arme Bauer Sergej arbeitete von der Nacht bis zur Nacht und hungerte doch. Sogar im Sommer hungerte er mit seiner Familie, im Winter hungerten sie alle noch mehr und sie froren dazu, denn der Wind zog durch die Hütte und blies die Wärme des Feuers durch die Fugen und das lecke Dach.

Dem Nachbarn Nikolaj war von einer Tante, zwanzig Werst weit weg hatte sie gewohnt, eine schöne, brave Kuh zum Erbe geworden. Das war eine Sache! Seine Kinder tranken Milch. Butter war da und sogar Käse, den man aufsparte, bis ein kleines Schweinchen dafür zu tauschen war. Die Kuh gab weiter Milch und Butter und bald reichte der Käse für ein weiteres Schweinchen. So lebte der Bauer Nikolaj nicht gerade in Bequemlichkeit aber doch ohne Not.

Als nun eines Mittags der mausarme Bauer Sergej im

Walde etwas Holz schlug und zu seinem Schutz eine alte Flinte mit sich trug, stiess er auf einen grossen braunen Bären, der hatte sich den Fuss zertreten und war in einem Gebüsch gefangen. Sergej schlug das Gewehr an, aber bevor er abdrücken konnte, sprach der Bär zu ihm: «Schone mich, und du sollst einen Wunsch tun, den ich dir erfülle. Denn ich bin nicht eigentlich ein Bär sondern der Alte vom Walde.» Da schonte Sergej den Bären und sann über den Wunsch nach, der ihm erfüllt werden sollte. Über die Felder schaute er hinweg und sah seine armselige Hütte im Schnee und im klirrenden Froste stehen. Auch des Nachbarn Haus sah er, wie es sich gemütlich hinter einem neuen Zaun erhob. Aus jenem Kamin stieg fetter Rauch.

Und wie Sergej dies alles sah, da tat er dem Bären seinen Wunsch: «Töte seine Kuh!»

Man drang in diesen Hans Hofer, von weiteren Erfahrungen im Ausland zu berichten. So räusperte er sich und erzählte:

«Als ich vor einiger Zeit in Bagdad war, da liess ich mich hinausführen ins alte

Babylon

Selencia habe ich nicht besucht. Babylon wollte ich sehen.

Der Turm steht nicht mehr. Aber die Sprachverwirrung besteht fort. Das ist Beweis genug für jenes Ereignis, da die Bauleute von den strengsten Antreibern und den klügsten Rechenmännern bis zu den willfährigen und unterdrückten Schleppsklaven sich unversehens nicht mehr verstanden, in Streit und Verwirrung gerieten und das hohe Werk verliessen. Wie es infolgedessen auch zum Brand des Asphaltlagers und der riesigen Holzvorräte kam. Wie eine gewaltige Explosion Steine über die ganze Erde warf bis nach Russland hinein und bis auch in unsere Gegend. Und wie diese Steine wiederum ein Segen Gottes sind, wie wir im Buche des Bruders Waldemar lesen, in dem Auserwählte mit Hilfe dieser babylonischen Absprenglinge aller Sprachen mit Leichtigkeit kundig werden.

Ich ging also auf dem grossen Platze herum, wo der Turm zu Babel einmal gestanden haben musste. Und wie ich so herumging, siehe, da blinkte mich ein bläulicher Stein an und ich ging hin und nahm ihn an mich. Später erprobte ich ihn. Da verstand ich sofort Arabisch, das man heute in jenem Lande spricht und ich wusste nun, dass der Beruf des Sprachlehrers mein wahrer Beruf war. So kehrte ich nach Hause zurück und wurde ein besserer Lehrer, als ich zuvor gewesen war. Über den Stein aber schwieg ich. Erst heute erzähle ich davon, euch an diesem Platze.»

«Wie sollen wir diese Geschichte glauben? Schon mit deinem Mahubi hast du uns unsicher gemacht. Und wo ist denn der Stein, darf man ihn sehen?»

Dieser Sprachgelehrte griff in seine Taschen und förderte ein bläuliches Steinlein ans Licht, ein kleines, unscheinbares Ding nur. Aber klein müsse es sein, damit man es bequem unter die Zunge legen könne.

Sie wollten es auch ausprobieren. Mit Französisch nur. Aber der Sprachgelehrte gab den Stein zu solcher Probe nicht her. Zu leicht sei er entweiht und aller Kraft beraubt.

«Warum kannst du nicht besser Mahubi?» fragte nun der Operettenfils.

«Ich habe den Stein daraufhin noch nie gebraucht. Aber wenn ich zu den Mahubi gehe, wird er mich helfend begleiten.»

Er müsse nun aber gehen, sagte der Beherrscher der fremden Zungen, denn die Fragerei habe ihn ermüdet. Er zahlte und ging. Und Hermann Karrenrud, der den ganzen Abend noch nicht viel gesagt hatte, zahlte auch und ging. Die Aargauer Skater brachen auf. Fast alle brachen auf. Da blieben nur noch wenige und Margrit hatte keine Mühe, auch ihnen die Uhrzeit klar zu machen. Wieder hatte ein Abend im Wirtshaus zum Seethal sein Ende gefunden.

Es schneite, als eines späten Nachmittags der Generalstabsoffizier in die wärmende Gaststube trat. Da sassen schon einige der einheimischen Gestalten und schwie-

gen in den dunkelnden Tag hinaus. Vater Bösiger sagte
schliesslich: «Ja, ja, zum

Schnee

kennt man auch Bauernregeln. Man kann sich nicht
freuen daran.»

«Welche?»

«Schnee am Morgen
bringt dir Sorgen.

und

Mittags Schnee
Leid und Weh

und

Wenns abends schneit
gibts üble Zeit.»

Das sei nun auch gar zu schwarz und zu schwierig,
meinte da einer und geschwind meldete sich der Operettenfils zum Wort: «Ich habe es auch schon anders
gehört, viel besser. So gehen die Regeln, die andere
Bauern hersagen:

Schnee am Morgen
deckt die Sorgen

Mittags Schnee
freut Kuh und Reh

Wenns abends schneit
der Speck gedeiht.»

Sie lachten und wollten nicht herausfinden, wer da wohl
recht habe. «Was gibt es Neues vom Militär?» fragten
sie den Offizier, der doch ein Ziviler war wie sie alle,
auch wenn er sich vom Soldatengetriebe hatte ergreifen
und mitschleifen lassen. So nahm er einen Zettel aus der
innern Busentasche. Da standen fürwahr Reime darauf,
als hätte er sich auf diesen Einsatz vorbereitet. «Ich
lese,» sprach er, «vom

Helm

Barhaupt geht der arme Mann.
Der Bürger zieht die Mütze an.
Der Reiche zeigt sich gern und gut
in einem möglichst steifen Hut.
Den König ehrt die Krone sehr,
den Papst die Tiara noch viel mehr.
Doch edler steht dem Männerkopf
ein umgekehrter Eisentopf.
Er ist beim Militär und auch
bei Feuerwehren im Gebrauch.

Zwar Kugeln – selbst aus dünnen Rohren –
können einen Helm durchbohren.

Zwar dringt das Nervengas, das böse,
durch jene raffinierte Oese,
durch die ansonst in Friedenszeiten
die Körperdünste aufwärtsgleiten.
Zwar deckt der Helm die Augen zu
und auch den Ohren schenkt er Ruh.
Doch wesentlich ist all dies nur
für einen Nörgler der Montur.
Denn wer behelmt im Freien sitzt,
der weiss, dass Stahl ihm anders nützt.
Da tut kein Steinschlag oder Schnee
dem Vaterlandsbewacher weh.
Und ist der Regen noch so nass,
den so Geschützten lächert das.
Man weiss von Lausanne bis nach Elm:
kein steter Tropfen höhlt den Helm.»

Und da sie nun lachten und Freude zeigten an der
militärischen Poesie, zog er ein weiteres Papier aus
ebenderselben Busentasche und las vom:

Spiegelei

«Das Frühstück sei ein Spiegelei,
beziehungsweise deren zwei!
Gehört der Hunger einem Schützen,
so können höchstens dreie nützen,
und ist der Esser Offizier,
so geht es selten unter vier.

Dem Hauptmann setzt man fünfe vor,
sechse braucht der Herr Major.
Beim Obristen sind dero sieben
eher unt- als übertrieben.
So ein Einsterngeneral
isst ihrer achte an der Zahl.
Wen jedoch Doppelsterne zieren,
dem pflegt man neune zu servieren.
Hast Du ein Korps im Felde stehn,
so steigt die Eierzahl auf zehn.

So sieht man denn mit viel Vergnügen:
Der Rang muss an den Eiern liegen!»

«Wie bist du eigentlich ein so hohes Tier geworden? Ein
Oberst! Man könnte es nicht glauben. Dein Vater war
ein Brieftauben-Soldat und es heisst er hätte im Aktiv-
dienst mit Armeehanf mehr fremde Tauben in den
Schlag seiner Station gelockt, als die Italiener im ganzen
Krieg Gefangene machten.»

Bevor der befragte Daniel selbst antworten konnte, tat
das der Fils für ihn: «Ich habe seinen Vater gut gekannt.
Er war auch zuhause ein aufmerksamer und erfolgrei-
cher Taubenzüchter. Beim Militär verfütterte er den
raren Hanf. Was da an Tauben aus fremden Schlägen
einflog, dem nahm er die verräterischen Ringe ab. Die
Ringe wanderten in die Hosentasche und von da in die
untere Aare. Genauer sage ich es nicht, denn der Ort war
geheim und ist es bis zum heutigen Tag geblieben. Der

Feind weiss: Wo die Tauben hinfliegen, da ist ein hoher Kommandoposten nicht weit.»

«Und die verirrten, abgeringten Tauben?»

«Enthauptet, entfedert, beim Wirtlein Franz zu Klopfenberg im Ausgang gebraten. Dein Vater brachte die Tauben. Der Händler Zwicki hatte auch zu jener Zeit immer Teigwaren zur Hand. Die Kameraden zahlten alles übrige, vor allem das Bier, den Wein und den Kaffee Uhu. So war das mit der Wehrkraft deines Vaters im drohenden Krieg.

Der Generalstabsoffizier namens Daniel nahm ungerührt den Faden dort auf, wo er ihn ohne seine Schuld verloren hatte. «Wie ich beim Militär zu Rang und Qual kam? Ja, das sah am Anfang nicht gut aus. Wie jeder, ging ich ungern in die Rekrutenschule und ich war da wohl nicht geschickter oder ungeschickter als andere. Aber als Student stand ich als möglicher

Unteroffiziersanwärter

im schwarzen Wachstuchbüchlein des Instruktionsmajors. Niemals hatte ich mich um derlei beworben. Aus meinem Vaterhaus bekleckerte mich niemand mit militärischem Ehrgeiz, obwohl mein Taufpate im Aktivdienst Rechnungsführer einer Kompanie war, normalerweise also den Rang eines höheren Unteroffiziers, nämlich den eines Fouriers hätte haben sollen. Aber mein

Taufpate Alphonse, der Bruder meines Vaters, hatte keine Unteroffiziersschule absolviert, als rund um uns herum der Krieg ausbrach, und weil er in seiner Einheit das ganze Rechnungswesen zusammenhielt, während der Fourier dauernd besoffen im Dorfe herumwirtschaftete, weil dem also so war, konnte man ihn nicht entbehren und in eine Unteroffiziersschule schicken. Das störte meinen Paten auch nicht weiter. Er war es zufrieden, als man ihm den Mannschaftsrang eines Gefreiten gab. Da hatte er einen halben Winkel am Arm und statt zwei Franken nun zweidreissig an Sold. Dreissig Rappen mehr und die Unterkunft nicht auf dem Stroh der Ortsturnhalle sondern bei der Pfarrfamilie, das reichte ihm und er war ein guter Rechnungsführer. Aber weiter als zum Gefreiten hat auch er es nicht gebracht.»

«Alphonse, ist das der, der dann in Schwarzenbach noch gebaut hat?»

«Ja, das ist der und von diesem Hausbau kann ich euch bestens berichten. Das war nämlich so: Als er in Genf pensioniert war...»

«Nein. Ein anderes Mal vielleicht. Jetzt wollen wir wissen, wie das mit deiner Karriere war beim Militär.»

Der Generalstabsoffizier sagte: «Ich war also ein Rekrut wie alle andern und wusste nicht, dass ich im schwarzen Büchlein des Majors stand. Und als Rekrut benahm ich mich genauso, wie es alle Rekruten taten. Ihr auch!» Er zeige mit dem Zeigfinger auf alle und jeden. Keiner nickte, man wollte da nicht in eine Falle laufen.

«Ich gab mir, wie alle, soweit Mühe, wie man gerade eben muss, um keine Schwierigkeiten zu bekommen. Nachexerzieren statt Ausgang? Nein! Nachschiessen statt Ausgang? Auch nein. Küchendienst statt Ausgang, weil man wegen Frechheit aufgefallen war? Auch nein! So schlängelte sich der Kluge durch, jeder, ihr auch, ich auch!»

«Damit wird man nicht Oberst im Generalstab. Weiter!»

«Ich war da also ein Rekrut und wurde vor den Herrn Major zitiert. Gewehrgriff! Er misslang.

«Und Sie wollen Unteroffizier werden?»

«Herr Major, da muss ein Irrtum vorliegen. Ich habe mich nicht zur Karriere gemeldet.» Das war nämlich zu einer Zeit, da viele unter den Jungen die Weiterausbildung anstrebten. Er liess sich seine Überraschung nicht anmerken. Ich sei da in seinem Buche vermerkt, Student, guter Schütze, der Dümmste nicht, es müsste eigentlich recht herauskommen mit mir. «Wollen Sie nun oder wollen Sie nicht?»

«Lieber nicht.»

«Warum nicht, sind Sie Kommunist, Defaitist, Pazifist oder Anarchist?»

«Nichts von allem, wir brauchen die Armee, sie ist unser Schutz auf alle Fälle. Da stehe ich ganz dahinter.»

«Na also. Warum denn nicht?»

Nun wusste ich natürlich genau, dass persönliche Gründe wie zeitliche Belastung, Semesterverlust und dergleichen den Major in keiner Art und Weise beeindrucken würden. Das berührte ihn nicht. Er hätte mir lediglich des Langen und Breiten plausibel gemacht, dass ein privater Nachteil nicht zähle, wenn es um das Vaterland gehe. Winkelried habe sogar sein Leben gelassen – warum ein Student nicht ein Semester? So sagte ich: «Ich fühle mich nicht geeignet. Ich verstehe das Soldatenhandwerk nicht. Sie haben mich vorgestern kritisiert, weil ich im Blindschiessgefecht auf die Eigenen zielte. Beim Patrouillen-Einzelmarsch habe ich mich verirrt. Unter den Letzten war ich da. Meine Achtung ist gross vor denen, die das alles gut machen. Ich aber bin wohl einfach nicht geeignet.»

Er dachte lange nach. Ich hatte ihm seine Argumente gestohlen. Er wollte mich in die Unteroffizierschule schicken, das stand vermutlich schon in seinem Büchlein, er hatte mich vielleicht auch schon auf einem formellen Formular gemeldet. Endlich glättete sich sein Gesicht, er hatte die Begründung gefunden: «Es braucht heute so viele Unteroffiziere, zu viele, wenn Sie mich fragen. Wir sind gezwungen, auch die Schlechten zu nehmen.»

Ja, das war eben der Anfang meiner Karriere.»

«So wird man nicht Oberst.»

«Rekrut sein ist aller Laster Anfang.»

«Genug Militär jetzt,» sagte Hermann Karrenrud und sie begannen wieder über den Alltag im Dorf zu reden. Der Kaspar hat eine Grippe, dass man sogar den Doktor holte! Kurt will das Geschäft seines Vaters nicht übernehmen, man begreift es nicht. Der alte Lehrer Z. hocke nur noch vor dem Haus, auch bei Hudelwetter wie heute. Kein Wort komme ihm über die Lippen. Lange wird es der nicht mehr machen! Am See hat einmal mehr der Wirt gewechselt. Die Birrwiler streiten schon wieder mit ihrem Pfarrer. Und doch ist Pfäffli ein Birrwiler Geschlecht. Ist Pfäffli wirklich ein Birrwiler Geschlecht? Härri, ja, sogar Steiner. Aber Pfäffli?

Dann begannen sie wieder, von früher zu sprechen, die Älteren, die hier schon um fünf Uhr sitzen konnten. Der Krämer kam dazu, den manche nach seinem Disput mit Wiederkehr nicht mehr erwartet hatten, und er erzählte nun, gleichsam als Abbitte für seine Hexenverleugnung von damals, eine Geschichte aus der dörflichen Kindheit. Zurück ging das bis in die Zeit, in der noch der grosse, gewaltige Lehrer Knecht die Augustreden gehalten hatte. Da war er selbst noch ein kleiner Knabe gewesen und folgendes hatte sich zugetragen.

Die Fackel

«Am ersten August gab es damals schöne Darbietungen
der örtlichen Vereine. Die Turner turnten zu Ehren des
Vaterlandes und schlossen jeweils mit einer gewaltigen
Pyramide in der Form eines Schweizerkreuzes. Die
Damenriege turnte Freiübungen ohne Schlusspyramide.
Der Männerchor sang kraftvoll die alten schönen Lieder
von Heimat, Schutz und Trutz. Ein Redner aus dem
Dorfe selbst sagte, wir müssen wieder wie unsere Vorvä-
ter sein. Der Radballklub führte Künste vor: Auf dem
Einrad, freihändig aufrecht stehend auf der Stange des
Kunstrades; oder, das zweirädrige Radballrad zum Ein-
rad machend, auf dessen hinterem Rade stehend, kur-
vend, eilend und nie kam dabei das vordere Rad aus der
Höhe herunter, nie hätte es den Boden berührt. Gesang
brachte auch der Töchternchor. Der gemischte Chor trug
Operettenlieder vor. Die Blechmusik gab die stärksten
vaterländischen Akzente: Alte Kameraden, Armee-
marsch Nr. 2, Heil Dir Helvetia, Marsch des Infanterie-
regimentes 24 und vieles mehr. Denn der Anfang war
immer ein Umzug durch das Dorf. Man begann beim
Schulhaus und alle Schulklassen und alle Vereine reih-
ten sich da ein, die Musik voran, die Vereine geschlos-
sen hintendrein und dann eben die Kinder, von denen
die kleinen bis etwa zu acht Altersjahren Papierlämp-
chen hatten, Löwenköpfe, stolze Hähne, grinsende Son-
nen, halbe Monde, meistens aber doch wackere rotweis-
se Schweizerlämpchen. Man nennt diese friedlichen
Leuchtkörper heute wohl überall im deutschen Sprach-

bereich Lampions. Bei uns aber hiessen sie Fackeln, obwohl sie keine waren, denn da brannten ja nur Kerzlein in einem Behältnis aus buntem Faltpapier – wenn sie überhaupt brannten, denn auch an einem ersten August kann Wind aufkommen und ein Flämmlein zerblasen. Geschah solches, so sprangen die Eltern hinzu, die Lehrerin oder auch mitleidige Strassensteher, denn die kleinen Kinder weinten, wenn ihr Lichtlein starb.

Der Umzug endete auf dem Festplatz. Zuerst traten da die Kinder jeweils zu einer grossen, milde leuchtenden Fackelgruppe zusammen. Sie sangen auch ein Lied oder zwei, und wurden dann nach Hause genommen, bevor das grosse abendfüllende Programm seinen Anfang nahm mit all den schönen Darbietungen. Die älteren Knaben gefielen sich jedes Jahr erneut darin, Nonnenfürze, Schweizerkracher oder Knallfrösche in die Menge zu werfen. Das war verboten, natürlich. Man regte sich über die Störung manchmal ein wenig auf. Aber niemand stellte den Knallbuben nach.

Anschliessend wurde auf einer Holzbühne im Freien getanzt wie an einem Baumgartenfest. Die Leute gingen spät heim, obwohl der nächste Tag ein gewöhnlicher Arbeitstag war.

Auch die Schulkinder genossen keinen späteren Unterrichtsbeginn. Der Nationalfeiertag ist kein Tag der Faulheit und damals wurde auch am Tage des Festes selbst bis am Abend normal gearbeitet.

Als ich noch selbst zu den Kleinen gehörte und in einem bestimmten Jahr eine Fackel mit Schweizerkreuz und Armbrust trug, da war mein Stolz unbändig. Meine Fackel erwies sich nämlich als die Grösste von allen. Mein Vater selbst zündete die Kerze an und ermahnte mich, die Papierkugel an ihrem Stabe schön hübsch ruhig zu halten. Sonst ginge die Flamme aus, oder, noch schlimmer, die Fackel selber fange Feuer.

So zogen wir los mit unseren Lichtern. Die Dämmerung begann erst. Viel war deshalb von unserem Schein noch nicht zu sehen. Aber weit vorne spielte die Musik und wir gingen vorsichtig und glücklich hintendrein. Auf dem Festplatz stellten uns die Lehrerinnen zum bewährten, alljährlich gleichen Haufen zusammen. Es war jetzt schon dunkler geworden und die Leute riefen «Uh» und «Ah» ob unserem kleinen Lichtersee. So gut es ging, mussten wir nun alle Fackeln zusammenhalten gegen eine Mitte zu. Aber so dicht wir standen, es kam doch keine einheitliche einzige Lichtblase zusammen. Viele von uns, darunter damals auch ich, standen mit ihren Leuchten in einem äusseren Ring. Wir sangen ein Kinderlied. Dann jauchzten wir und hoben alle die Fackeln etwas an. Jetzt, auf dem Höhepunkt des Kinderfackelzuges warf einer der Knallbuben einen Schweizerkracher mitten in das Leuchtenmeer. Er zerfetzte einige Fackeln, einige begannen zu brennen, die Flammen griffen über und bald brannten alle Fackeln des inneren Rundes. Die Flammen schossen nicht hoch auf, es sah gar nicht gefährlich aus, dafür aber wunderbar farbig und schön.

Wir Kinder jauchzten noch immer, noch lauter als zuvor jauchzten wir. Wenn einem aus dem Rund die Hitze doch zu gross wurde, liess es seinen Fackelstiel fallen und trat etwas zurück. So kamen auch die Hinteren an das hübsche Augustfeuer heran und auch wir konnten nun unsere Fackeln in die grosse, allgemeine Flamme halten. Des Jauchzens war kein Ende. Meine Fackel habe am schönsten gebrannt, behauptete ich nachher bei jedermann. Aber nur Vater und Mutter stimmten lächelnd zu.»

Und ein anderer, nämlich der ernsthafte Titus wusste, wie in der grossen Weltwirtschaftskrise Leute in die Dörfer gingen, um Wissen zu verbreiten, das sie sich irgendwo draussen in der Fremde angeeignet hatten. Um geringes Entgelt taten sie das und so drangen Kenntnisse aufs Land, die weder Lehrer noch Pfarrer hätten vermitteln können. So ging es auch zu, als der biedere Luzerner Wey nach Beinwil kam. Er war viel in der Welt herumgekommen, bevor er arbeitslos zuhause sich wiederfand. Von allen den Tieren, die er in Afrika und den beiden Amerikas kennengelernt hatte, waren ihm die

Schlangen

als die denkwürdigsten erschienen. Er hatte sie zu begreifen versucht und achtete sie als ausserordentliche Geschöpfe dieser Erde. Eine grosse Auswahl davon hielt er nun im luzernischen Orte Menznau – ihr werdet es weder mit Melchnau noch mit Menzberg, noch Menziken oder gar mit Menzingen verwechseln. Denn von Menznau war er gebürtig und sein Vater trank sein tägliches Bier im dortigen «Lamm». Ich kenne das Lamm und wenn es auch nicht an das Wirtshaus im Seethal herankommt, für ein tägliches Bier ist es allemal ein guter Ort.

Viele Schlangen hielt dieser Alois Wey und man riet ihm, sie vorzuführen. Er tat es in den Schulen der Gegend und seine Taxe war zwanzig Rappen pro Kind. Der Lehrkörper war unentgeltlich dabei.

Als Wiesel Wey in unser Dorf kam, war die Mutten-Ruth ein heiteres, unbeschwertes Mädchen von sieben Jahren. Zwar regierte Geiz die Familie. Der Vater ging in die Fabrik, die Mutter besorgte das Bauerngütlein und rippte tagsüber und abends Tabak aus, wobei auch die Kinder halfen. Da waren keine Schulden, da war sogar kleines Geld auf der Bank. Aber die Weisung des Hauses war, dass die täglichen Ausgaben einen Franken insgesamt nicht übersteigen durften. Gottesfurcht und segensreiche Sparsamkeit wurden da täglich vorgelebt. So zeigten sich auch die Kinder frühzeitig ernst und besonnen in Schule und Leben. Nur Ruth nicht. Sie lachte fröhlich in die Welt hinaus und jedermann hatte sie gern.

Es zeigte dieser Wiesel Wey in der Turnhalle Schlange um Schlange. Aus Leinenbeuteln nahm er sie, in Leinensäcklein tat er sie, grüne, braune, graue, rotgesprenkelte, flatterblaue Schlangen. Und er erklärte, dass diese Tiere dem nichts tun, der ihnen nichts Böses will, und der sie nicht erschreckt. Und dass man sie nicht als übles Erdgezücht zertreten und töten soll. Dass die Giftigen hierzulande nicht vorkämen und auch im Juragebiet nur spärlich und scheu. Langsames Ausweichen sei gut, die Schlange werde abschlängelnd verschwinden. Derlei und mehr erzählte er, dieweil keines von uns Kindern je zuvor auch nur eine Ringelnatter gesehen hatte, die doch, so sagte Wiesel Wey, bei uns heimisch sei.

Dann liess er viele, viele Schlangen aus aller Herren Länder auf dem Turnhallenboden los, auf dem wir im grossen Rund sassen. Sie seien alle ungefährlich und jeder solle sich doch eine aussuchen und sie dann sanft in die Hände nehmen und von nahem anschauen. Wie lieb sind doch diese Tierchen!

Die Ruth Eichenberger aus der Mutte, sieben Jahre alt, blond und von rechtschaffenen Eltern, griff in die Schlangen, hatte keine Angst und nahm nicht eine oder zwei sondern so viele, wie sie zu fassen kriegte. Die legte sie, um weitere sammeln zu können, um Schultern, um Hals und Oberarme. Ein Mensch voller Schlangen war sie binnen kurzem. Wiesel Wey wies auf sie: «Seht, wie dieses Mädchen Schlangen um sich hat. Das Mädchen freut sich, die Schlangen schlängeln sich ruhig und zufrieden – ist das nicht eine schöne Sache?» Er ernannte die Mutten-Ruth Eichenberger

113

zur Schlangenkönigin und wir Kinder fanden das richtig.

Da vernahmen die Eltern von der Sache und erschraken zu Tod. Schlangen sind giftig, Schlangen sind immer giftig. Denn die Schlangen sind Teufelsgeschöpfe, man weiss es seit den Tagen des Paradieses. Ein Schutzengel hatte ihre unschuldige Ruth vor den sicheren Bissen bewahrt, für dieses eine schlimme Mal. Aber fortan müsse sie selber auf sich aufpassen und man bläute ihr alles ein: Die einmalige göttliche Gnade, für die man auf den Knien danken müsse - dem Schutzengel, der Jungfrau Maria, der Heiligen Dreifaltigkeit sowie mehreren besonderen Heiligen, die für derlei Ungefälle zuständig seien. Die ganze Familie betete und dankte, vor allem Ruth wurde dazu angehalten. Die Eltern hatten sie nun so verängstigt, dass sie hinterher an die Gefährlichkeit der Schlangen glaubte und an das grosse Wunder, verschont geblieben zu sein. Endlich war sie so weit, dass sie auch vor Regenwürmern Angst hatte. Da waren die Eltern zufrieden.

Man drang in den Mauserjakob, er solle etwas aus seiner Kindheit erzählen. Zur Zeit jener Schlangengeschichte, an die er sich wohl erinnere, sei es gewesen, nein doch wohl eher zehn Jahre früher, da habe sich folgendes zugetragen. Eigentlich nichts Besonderes, aber es habe sich eben zugetragen.

«Es war erst Ende

Februar

aber ein schöner, sonniger Tag. Vorfrühling konnte man das zwar nicht nennen, aber in dem kleinen Rinnsal zum See, das kaum ein Bächlein war, trieben Unterwasserpflanzen Triebe. Wasserasseln zuckten herum. Das Leben begann.

Da sassen wir Knaben also zu zweit, der Willu, der alles wusste und ich, der alles wissen wollte. Wir erforschten das erwachende Leben im fliessenden Wässerlein. Der See war noch tot und kalt. Nichts regte sich da.

Die Sonne schien warm. Wir zogen unsere Pullover aus. Die Sonne schien warm. Wir zogen unsere Hemden aus. Aber da war ein Lüftlein, das blies zwar freundlich für diese frühe Jahreszeit. Aber wir fröstelten trotzdem und sorgten für ein Feuer.

Vom Sommer sprachen wir, wenn man da schwimmt und immer schwimmt. Wie wir von den überhängenden Ästen ins Wasser sprangen. Wie wir unter Wasser den Fischen zuschauten, um besser zu begreifen, wie man sie an der Angel fangen könnte.

Die Sonne schien milde. Das Feuer wärmte. Da zogen wir uns gänzlich aus und liefen in den kalten See, der kaum mehr als vier oder sechs Grad Wärme haben mochte. Wir liefen hinein bis zum Hals und liefen zurück. Wir spritzten um uns, Tücher zum Trocknen hatten wir nicht, nur die Sonne und das Feuer. Und als wir trocken waren, da sagten wir: Weichlinge sind wir, ein Feuer zu benötigen. Die Sonne soll uns genügen.

Wir löschten das Feuer mit Wasser aus dem kleinen Gerinnsel. Wir stürzten uns wieder in die Kälte des Sees und setzten uns in die Februarsonne. Frierend, lachend, hautreibend sassen wir da, doch wärmte die Sonne ein wenig. Da schob sich ein dünner Dunst vor das Gestirn, von einer Wolke konnte man nicht reden. Aber schon war es kalt. Alles Reiben und Herumtanzen half nichts mehr. Wir froren erbärmlich.

Da zog der Dunstschleier vorüber. Die Sonne beschien uns wieder. Nahezu warm wurde es. Wir froren nur noch erträglich und als wir trocken waren, zogen wir die kurzen Hosen an. Die Hemden und Pullover blieben noch dort, wo wir sie hingehängt hatten, am Ast einer Espe.

Niemand hält sich im Monat Februar am See auf. Wozu? Der Fisch kommt später, von Gras kann noch keine Rede sein. Liebespaare würden vergeblich nach der Blätterdeckung der Uferbüsche suchen. Nur Willu und ich waren da und sahen im Bächlein schon Grün und Leben. Und wir badeten im Uferwasser mit unseren Hinein- und Hinausläufen bereits den Sommer ein.

Wir behaupteten gegenseitig, vor Hitze zu schwitzen. Wir behaupteten zu wissen, dass jetzt dann eben die ganze übrige Klasse zum Wasser käme und ebenso nackt wie wir, Buben und Mädchen, ins Wasser rennen würden. Dass die Barsche zu sehen seien, die hochschwimmenden Sommerdöbel, die Steinkrebse, die Bläulinge im Schwarm. Nichts geschah, und doch sahen wir alles. Dann rannten wir mit nacktem Oberkörper zum Entsetzen der Leute durch das Dorf, die Strasse hinauf nach Hause. «Seid ihr verrückt geworden, ihr zwei? Kann man euch denn niemals allein lassen?» Meine Mutter sagte es.

Wir aber deuteten auf unsere mageren Bubenrippen und fragten sie, ob wir schon braun geworden seien. «Zieht euch jetzt an!» Keiner von uns beiden hat auch nur den leisesten Schnupfen bekommen.

«Du bist so still, Dr. Walther. Warum lässt du die andern reden, die doch von dieser Welt viel weniger wissen als du, der Mann der alten Bücher?»

«Wenn ihr unbedingt wollt, erzähle ich euch, wie es anno 1756 beim grossen Regen war. Freilich, verbürgen kann ich die Sache nicht. Der einzige Gewährsmann ist ein gewisser Baron von Münchhausen. Aber auch seine Papiere habe ich im Augenblick nicht zur Hand. Anno 1756 fiel den ganzen Juni hindurch

Regen

Aber es regnete nicht, wie es sonst bei Windstille regnet, nämlich senkrecht vom Himmel herunter. Es regnete schief in einen so flachen Winkel, dass der Sturzbach des Regens kaum mehr Gefälle hatte als ein ordentlicher Fluss. Aber Wasser führte dieser Regen denn auch wie ein richtiger Fluss. Man konnte mit Kraft und Ausdauer auf diesem Regen hinaufrudern. Von Waldshut und Koblenz her kamen sie heraufgerudert, immer auf dem schiefen Regen. Von unserem Dorf machten sich mehrere Leute auf den Weg. Möttuer waren es, vom See her das Wasser gewohnt. In drei Schifflein ruderten sie hoch am Himmel über Mosen, Ermensee und Gelfingen daher. Manchmal sahen sie durch das klare Regenwasser hindurch den Baldeggersee unter sich. Ueber Luzern liessen sich zwei der Beinwiler Boote wieder heimtreiben. Das dritte aber blieb. Ein gewisser Mutten-Kari, ein schweigsamer, einsilbiger Mensch, harrte im dritten Schifflein aus und ruderte selbst und liess rudern. So kamen sie bis nach Andermatt hinauf, das sich in eine Mulde auf dem Dach der Welt einschmiegt. Der Mutten-Kari wollte weiter, aber hier versagten ihm seine Gesellen die Gefolgschaft. Nach Andermatt komme bald der Gotthardpass, dann falle das Land wieder steil ab. Der Regen aber bleibe oben. Wenn man ihm immer weiter auf seinem Rücken entgegenrudere, müsse man zum Himmel kommen und ein solcher Versuch sei Frevel. Frevel nicht, sagte Mutten-Kari, das sei Forschung. Da lachten sie ihn aus: «Hat man schon einmal gehört, dass einfache Beinwiler plötzlich zu Forschern würden? Da brauche es nicht nur Rudergeschick, Muskelkraft und Starrsinn. Da brauche es auch einen studierten Kopf. Und überhaupt. Hat man schon je gehört, dass ein Möttuer zu Lebzeiten in den Himmel kam?

So wendeten sie ihr Schifflein und ruderten mit leichtem Arm dem Seethal zu. Sie kamen alle heil an und hatten viel zu erzählen. Nur der Mutten-Kari sei fortan noch mürrischer gewesen als vorher.»

«Und das sollen wir dir glauben, lieber Doktor Walther? Wann soll das gewesen sein?»

«1756, im Juni, nein genauer: Ende Juni.»

«Woher willst du das haben? In keiner Chronik ist das erwiesen, jedenfalls weiss man hier im Dorf von nichts dergleichen. Führst du uns an der Nase herum?»

«Damals befand sich ein berühmter Deutscher, nämlich der Baron von Münchhausen auf der Durchreise im Dorf. Ich erwähnte ihn schon. Er bestieg das Schiff des Mutten-Kari und fuhr bis Andermatt mit. Von da aus soll er unter dem Regen hindurch nach Bellenz in die Vogteien Luggarus und Lauis und dann noch über Mailand bis ins Heilige Rom gekommen sein.»

«Und hat dieser Baron über seine Fahrt mit den Böjuern etwas Schriftliches hinterlassen?»

«Er führte ein genaues Tagebuch. Da stand alles drin. Leider aber wurde es ihm aus der Tasche gestohlen, als er in Trastevere in einer Trattoria bei Rohschinken, Oliven und Frascati sass. Er erzählte gerade die Geschichte, die ich eben auch erzählt habe, da zog ihm ein junger Historiker das Büchlein weg, er merkte es nicht. So ist diese wertvolle Aufzeichnung verschollen.»

Sie lachten alle schallend und auch die entfernteren Gäste, welche die Geschichte gar nicht hatten mitanhören können, lachten mit. Angesteckt lachte das ganze Wirtshaus zum Seethal. Margrit lachte in der Küche, wo sie für Giuseppe eine Wurst briet. Wiederkehr lachte über die Strasse in sein Haus hinüber, da begannen auch seine Frau und seine Kinder zu lachen. Das Lachen ging ins nächste Haus, über das Hegihäuschen der Seethalbahnlinie entlang bis ins letzte Weberhaus. Da kam gerade ein Zug und nahm von da das Lachen mit. Nach Birrwil drang es, nach Boniswil, nach Seengen und Niederhallwil, das jetzt den einfacheren Namen Hallwil angenommen hat aber trotzdem bei jedermann unbekümmert um solche Unterfangen, und seien sie dreimal durch den Regierungsrat abgesegnet worden, also bei jedermann Haubu hiess und immer heissen wird, solange es Haubuer geben wird. Aber das Lachen hielt sich da nicht auf, erfasste Seon und flutete in Lenzburg ein. Niederlenz am Aabach erreichte es und erst in Wildegg ebbte es aus. In Wildegg wird das schöne, gute, herrliche Seethal vom Aaretal geschluckt, und auch dieses verliert sich bald am Rhein. Ach, wie hätten die Leute in Basel am Rhein, in Strassburg, in Worms, in Bingen, Assmannshausen oder im unteren Mühlhausen, in Emmerich und Rotterdam und Dordrecht lachen sollen – nein überhaupt nur lachen dürfen ohne Erlaubnis der Seethaler?

«Soviel Wasser! Jacky Mouse, du bist ein Ufermensch, ein Wassermensch. Erzähle nun etwas von Fischen!»

«Ich weiss nichts von Fischen, was nicht jeder weiss.»

«So erzähle etwas, was wir schon wissen.»

«Na gut. Dort wo meine Frau herkommt, aus den Voralpen nämlich, gibt es kalte, saubere Seen und schnellfliessende Flüsschen und Bäche. Ich führte eine kleine Gesellschaft von Fischgästen an und zeigte ihnen, wie man das dortzulande etwa macht mit den Würmern und Mepsen, mit natürlichen Heugumpern und unnatürlichen kleinen Löffelchen, keinen halben Finger lang. Sie hatten dann doch einige Stücke gefangen und zum Gasthof gebracht, in dem sie logierten. Ich war zum Abendessen eingeladen. Davor nahmen sie einen sogenannten Aperitif, nämlich süsslichen Weisswein vom Rhein oder auch von der Mosel. Ich hatte zufrieden mein Bier. Da ging das Gespräch natürlich ums Fischen und um die Fische. Welche Forellenartigen gibt es eigentlich? Da wusste jeder vieles in seiner Theorie. Sie redeten vom Lachs, der sich in mannigfaltige Unterarten aufsplittert. Den gewaltigen Huchen wollten mehrere schon gefangen haben, in Österreich und im Balkan. Der kanadische Namaycush fühlt sich auch hierzulande wohl und kann selbst in kleinen Bergseelein bis auf 2500 Meter Höhe gedeihen. Wenig stolz waren die Gäste auf die sogenannten gewöhnlichen Bachforellen, nicht einmal auf die Saiblinge. Was sollte da eine noch simplere Regenbogenforelle im Gespräch zu suchen haben?

Am Bach waren sie ohne mich klein und verloren gewesen. Auch auf dem See, in unserem Boot, hatten sie kümmerlich hantiert. Dankbar nahmen sie es an, wenn ich ihre Rollen entwirrte, Hänger herauszog oder rasch die leeren Ruten einzog, wenn mal einer einen Biss hatte. Aber hier im Gasthof zum «Hinteren Schützen» gerieten sie ins Oberwasser. Ich war wieder nur ihr Fischereidiener, geduldet an Tisch, mehr nicht. Von ihren grossen Fischtaten in aller Welt erzählten sie, wo ich nie hinkommen werde. Ich aber sass verdrossen, ich gebe es zu, bei meinem Bier und sagte nichts.

Dann kam die Tochter des Wirtes, Söpheli, ich kannte sie gut genug. «Die Bestellung zum Nachtessen?» Alle verlangten Forelle blau. Aber um welche Art von Forellen es sich denn handeln würde, fragte man die Sophie, die nicht auf den Kopf gefallen war und absichtlich kompliziert tat. Alles sei zu haben, der Saibling sei mehr so und so, die Regenbogenforelle hingegen anders, die Bachforelle würde besonders mürbe ausfallen, eine Seeforelle hingegen in fester Konsistenz zusammenhalten. Einen beachtlichen kleinen Vortrag hielt sie da. Ich hatte meine helle Freude daran. Schliesslich mischte ich mich ein: «Das beste, was ich ihnen hier und nur hier empfehlen kann, weil es das weit in der Gegend sonst nirgendswo gibt, ist die herrliche

Wasserforelle

Söpheli lächelte nicht. Sie zwinkert mir nicht einmal zu. Alle bestellten die seltene Wasserforelle. «Wasserforelle für alle?» fragte sie noch einmal.

«Wasserforelle.»

«Wasserforelle.»

«Wasserforelle.»

Und so weiter. Auch ich entschied mich für die Wasserforelle. Wir assen die wie immer hervorragend im leichten Sud zubereiteten Fische. Es waren Regenbogenforellen der allergewöhnlichsten Art und es schien mir, der Wirt und Koch habe sich mit den im Preise günstigen Zuchtforellen begnügt. Meine Fischgänger assen mit Genuss und kamen aus dem Rühmen nicht heraus. Obwohl man eine leichte Verwandtschaft mit dem Saibling bemerke, wenn auch nicht in der Farbe, so sei doch wiederum auf der Zunge eine Ahnung von Regenbogenforelle auszumachen. Die Kinnbäcklein hingegen hätten an die Bachforelle gemahnt.

«Wie kommen Sie an diese ausgemacht feinschmeckerischen Forellen, die man ja sonst wirklich kaum kennt?» Söpheli antwortete: «Es ist ein grosses Geheimnis unserer Küche. Ich darf es ohne Zustimmung meines Vaters nicht verraten, werde ihn aber fragen.» Sie verschwand und kam dann nach einer guten Weile wieder. Es sei eben wirklich eine einzigartige Spezialität des Hauses. Der Vater werde nachher noch vorbeikommen und sich persönlich für die Geheimniskrämerei entschuldigen.

Als er dann kam, ging es hoch her mit Weisswein von der Mosel oder vom Rhein. Süsser hätte er nicht verzuckertsüsst sein können. Sophie schob mir zum Versuchen ein Gläschen zu. Ich musste es leeren, blieb dann aber beim Bier.

So wurde Alois, der Wirt, seine Zuchtregenbögeler zu teurem Preis los, dazu auch den Weisswein mit dem schöntönenden Namen, den ihm einmal ein Weinhändler angedreht hatte. Fröhlich und fröhlicher wurde die Runde. Ich zog mich zurück. Ich war ja nur ein biertrinkender Gehilfe und erst am nächsten Morgen wieder nötig. Das Geheimnis der Wasserforellen aber kannten nur Alois, der Wirt, Söpheli, die Tochter, und ich. Jetzt kennt auch ihr es, aber Alois ist gestorben und das Söpheli hat ins Ausland geheiratet. Wer heute auf dem hintern Schützen wirtet, weiss ich nicht.»

Ruhig sassen die Gäste noch eine Weile da. Dann verlor sich der eine und der andere. Sie verloren sich alle. Hinter dem Operettenfils verschloss Margrit die Türe.

Ich muss nun von einem Manne namens

Kobi

erzählen, der eine Persönlichkeit ist und den es trotzdem eines Tages in unser Wirtshaus verschlug. Bei ganz grossen Firmen sagt er, dieser Fritz Kobi, wie es in der Werbung lang gehen soll. Sie hören auf ihn, denn er hat fast immer recht. Kobi weiss, was der Abnehmer will oder braucht oder wollen soll oder brauchen soll. Daraus macht Kobi ein Konzept und die Werbehilfszwerge eilen und zeichnen Zeichnungen, schreiben Schriften und texten Texte. So macht Kobi für seine Kunden Werbung und dann machen die Kunden Umsatz. Kobi nur hat einen Fehler: Er ist nicht von hier. In der Nähe der Hauptstadt wohnt er, sein pensionierter Vater auch nicht weit davon und zu diesem Vater kam der Sohn Kobi eines schönen, sonnigen Tages.

Eine Firma sei zu besuchen, da und da. Dies biete eine schöne Fahrt über Land, man werde auf den Mittag hin in einer passenden Wirtschaft der Gegend wohl ansprechend verköstigt. Fritz, der Sohn, habe dann ein schmales Stündlein zu tun. Nachher könne man sich wieder gemütlich nach Hause bewegen, durch satte Felder, schattige Wälder und was der schönen Reime noch mehr sind.

Sie kamen zu guter Zeit in Beinwil an, wo der Zufall den Fremdling Kobi und seinen Vater ins Wirtshaus «zum Seethal» führte. Sie genehmigten sich ein sommerliches Bier und erfuhren von der Wirtin, was heute zu essen wäre: Eine Brotsuppe, Schweinekotelett mit Rösti und Salat, Erdbeeren mit oder ohne Schlagrahm. Sie bestellten und nahmen wartend ein weiteres Bier zur Brust. Wie ist es für einen Vater schön, einen weitreisenden, liebenswerten Sohn zu haben, der seinen Erzeuger nicht vergisst und ihm mit Fahrt und Einkehr freundlichen Genuss verschafft! Wie schön ist es für einen Sohn, des Vaters ungetrübte Freude jenseits der geschäftigen Jahre mitzugeniessen!

Die Brotsuppe war so gut, wie sie nur im Aargau schmecken kann, wo man dazu zwar Kümmel verwendet, indessen nur sparsam. Das Stück vom Schwein hatte aussen den schmalen Streifen Fett, ohne den von einem echten Kotelett die Rede nicht sein könnte. Und die Grösse des Fleisches nahm sich erheblich aus, selbst da in diesem Tal, wo jeder Wirt nach der Fläche des Tellers beurteilt wird, die diesseits und jenseits des Schnitzels oder Koteletts unbedeckt noch zu sehen ist. Mancher Wirt hat es mit kleineren Tellern versucht, ist dabei aber nicht durchgekommen bei diesem aufmerkigen Volke.

Die Nudeln waren weich, wie es sich hierzulande gehört. Denn nichts hält niemand von dem harten Biss, den wie man sagt, die Italiener mögen. Jeder weiss das, keiner glaubt es! Etwas rezent war die Salatsauce ausgefallen, desto süsser aber schmeckten die verschwenderisch überzuckerten Erdbeeren mit dem verschwenderisch überzuckerten Rahm.

Fritz Kobi, der Sohn, bezahlte das Essen, den leichten, roten Brestenberger, den Kaffee. «Bleibe hier, Vater, ich gehe jetzt zu dieser Firma so und so; vielleicht komme ich da ins Geschäft.» Er ging, der Vater blieb.

Es kam der Sohn Kobi in jenem Geschäfte pünktlich an, wie er es mit dem leitenden Herrn verabredet hatte. Es muss ein Herr Müller gewesen sein, ein Herr Müller. Aber die Sekretärin bedauerte, dass Herr Müller offensichtlich etwas Verspätung hatte. Sehr genau sei er sonst in seinen Terminen, die Sache erschiene ihr unerklärlich. Aber Herr Müller müsse ja wirklich jeden Augenblick erscheinen. «Einen Kaffee? Die Zeitung?»

Fritz Kobi, Kobi der Jüngere, trank einen guten Kaffee, dann noch einen und noch einen. Er las den «Seethaler», gewiss ein gutes Blatt. Aber Fritz Kobi war es nicht um Neuigkeiten zu tun sondern um mögliche Geschäfte. Eine ganze Stunde Verspätung hatte der hohe Herr Müller, als er endlich eintraf, sichtlich gut gelaunt. Fritz Kobi hatte da kein Eis zu brechen, das Geschäft bahnte sich erfolgversprechend an.

So konnte Fritz befriedigt ins Wirtshaus «zum Seethal» zurückfahren. Sein Vater sass bei einem Halben Brestenberger. Er habe es gemütlich gehabt in der Zwischenzeit. Mit einem Mann aus der Gegend sei er ins Gespräch gekommen, ein gescheiter, interessanter Mann sei das gewesen. So um zwei Uhr herum habe der zwar dauernd auf die Uhr geschaut, dann aber gesagt: «Ach, da wartet im Büro so ein Geschäftskerl auf mich. Mag er warten. Wir haben es hier viel gemütlicher.» Und es kam noch ein Dritter dazu, sie spielten Bieter und Vater Kobi hatte den Wein, der vor ihm stand, beim Jassen rechtens gewonnen. Der Dritte war dann gelegentlich aufgestanden und hatte das Lokal verlassen, nicht aber der interessante, nette Geschäftsmann. Gegen drei Uhr sei dann auch er weggegangen. Man könne doch diese Besucherkreaturen schliesslich nicht über Gebühr warten lassen, habe er gesagt und sich widerstrebend und unlustig verabschiedet. «Ja, diese Geschäftsleute haben es auch nicht leicht,» sagte Kobi, der Ältere.

«Wie hiess der Mann?» fragte der Sohn.

«Müller, hiess er», antwortete der Vater.

Es war Sommer, als dies sich begab, die Leute hatten alle in Flur und Feld zu tun, manche auch in weitgeöffneten Werkstätten. Nur ein Oberst anscheinend nicht. Er war nicht der Generalstabsoberst, von dem hier schon hin und wieder die Rede ging. Es war ein gewöhnlicher Oberst und wohl auch fremd in der Gegend. Er kam herein, bestellte Beaujolais und keinen Kalterer oder Magdalener, nahm die Zeitung und setzte sich in die stille Ecke hinter der Tür. Hier las er aufmerksam den «Seethaler». Ein hoher Herr in Uniform war er und las die Zeitung, als würde sie das Weltneueste bringen, aufmerksam und gründlich durch. Mochte er vielleicht doch aus der Gegend sein, dass er sich so eingehend für alles interessierte, die Inserate, die kleinen Anzeigen, den Bericht über ein Musikfest, bei dem drei Burschen drei Fussknöchel gebrochen hatten? Aber Margrit kannte diesen Obersten nicht und rüstete in der Küche für den Abend zu.

Da stürmten plötzlich fünf, sechs Leutnants und Oberleutnants in die Wirtsstube. Kein Hauptmann war dabei, schon gar kein Major. Den Oberst hatten sie in seiner dunklen Ecke nicht bemerkt. Sie bestellten mit grossem Hallo, ihre Stimmung war ausgelassen und ihr jugendlicher, uniformierter Übermut füllte die Wirtsstube aus. Da sassen sie locker auf ihren Stühlen, parlierten, die Heldentaten in den eben beendeten Manövern waren gross gewesen. Wie hatten sie es dem und jenem gezeigt! Der Feldweibel war zu Kreuze gekrochen, der Hauptmann hatte eingesehen, dass die Wenzels den Krieg ausmachten. Und der lächerliche Fourier, der sich mit dem Frass im nächtlichen Walde verfuhr! Unterdessen waren noch einige weitere Leute in die Wirtschaft gekommen, Publikum war das für die Grössten der Nation. Und weitere trudelten ein: Fils; Käru Dambach; Titus für einen Kamillentee, denn er war krank; Vater Bösiger; der Gloorbüebu; Jacky Mouse; Erich Weber; Aeni Wiederkehr, der Wiederversöhnte, und andere mehr. Die waren alle Ohr und lachten, wie die schäumende Jugend ihre Feldschlachten gegen Höhere und Gleiche geschlagen hatte, gelegentlich auch gegen den Manöverfeind. Die Zugführer waren die grössten unter den Menschen. Ja, die

129

Fähnrichs und die Leutenants, das sind die klügsten Leute.

Der Oberst

erhob sich unbemerkt in seiner Ecke und drückte sich ebenso unbemerkt hinaus auf den Gang. Von da ging er in die Küche, um seinen Beaujolais zu bezahlen. «Warum gehen Sie? Warum gehen Sie so unauffällig? Den jungen Lümmeln da würde es nicht schaden, wenn sie ihnen Bescheidenheit und Achtung vor den Vorgesetzten wiesen!» Max sagte es, der vom Felde gekommen war, um seine Arbeit im Stall zu tun. Max, der Motorfahrer Bösiger im Heere.

«Noch haben sie mich nicht gesehen, diese munteren Kerle. Sie sind heute Abend die Herren der Welt. Das Wirtshaus gehört ihnen, das Dorf, das ganze Erdenrund! Wie wäre ihnen da alles zusammengebrochen, hätten sie mich in meiner Ecke entdeckt.» So sprach der Oberst und ging. Man hat ihm im Wirtshaus Seethal nachher oft nachgerätselt. Wer war er, woher kam er? Wohin ging er? Man wusste nur, dass er den oberen Seethalerdialekt sprach und nicht den von Birrwil an abwärts, wo der Himmel nicht blau ist sondern bläu. Aber man wusste auch, dass er im Wirtshaus zum Seethal den «Seethaler» gelesen hatte und nicht das hieroben übliche «Echo von Homberg». Ein Oberst der Infanterie war er, das hatte man an seiner Uniform mit Leichtigkeit erkennen können. Eine seltsame Figur. Schon nach einem halben Jahr behaupteten mehrere Nörgler und Zweifler, den habe es nie gegeben.

Als es an diesem Tage eindämmerte, sassen die meisten einheimischen Gäste an den Gartentischen. Die Mücken stachen, aber es war wundersam warm. Schliesslich verzog sich auch die lärmende Armee und der Karrenruedi Mändu erzählte vom Fischen. Wie es Jahr für Jahr schlechter wurde mit dem Hechtfang. Seeforellen gebe es keine mehr. «Wo sind die Egli geblieben, die grossen meine ich?»

Der Eri lachte. Ein Bub habe vor zwei Tagen am Steg eine kleine Seeforelle gefangen. Mit einem Bubenfischzeug und einem unmöglichen Zöckli, mit einem Riesenwurm an einem kleinen Haken. Alles war falsch. Aber der hat eine kleine Seeforelle gefangen.

«Wie gross?»

«So.»

«Die darf man gar nicht nehmen. Vierzig müssen sie haben.»

«Sag es dem Bub doch selber!»

«Wer ist der Bub? Man sollte sie nicht fischen lassen, sie fischen unverantwortlich, unverantwortlich, sage ich.» Hermann Karrenrud sagte es, aber Erich vom See regte sich auf: «Du fischst vom Boot aus Tag für Tag, jahrein, jahraus und fängst gelegentlich einen Hecht, mehr oder weniger häufig doch auch Egli. Auf Weissfische gehst du gar nicht, aber da kommt so ein Bub, der sonst nichts fängt oder dann nur eine verlaufene, kümmerliche Hasel. Und jetzt zieht er einen Fisch rein, den er nicht kennt, er tötet ihn und einer kommt hinzu und sagt: «Weisst du, dass du da eine kleine Seeforelle hast?» Er wusste es nicht, aber nun war er sehr stolz, er zeigte sie überall, so bekam auch ich sie zu Gesicht. Und du kannst sagen, was du willst, Mändu, aber diese Seeforelle habe ich ihm mehr gegönnt als dir deinen Zehnpfünderhecht vom letzten September.»

«Ein Frevel bleibt ein Frevel, wie heisst der Bub, wem gehört er?»

«Er kam vom Wynental mit dem Velo. Er hatte ein gar kümmerliches Fischzeug. Die andern Buben haben ihn ausgelacht. Und da fing er diesen Fisch, grösser als die Bläulinge am Steg, grösser als die Hasli am Schilf daneben oder die kleinen Rötel. Einen rechten Fisch hatte er gefangen von fünfundzwanzig oder dreissig Zentimetern Länge! Wie lange wird er noch davon reden, lass ihm die Freude, Mändu!»

«In einem Jahr wäre daraus eine gute, fangbare Seeforelle geworden. Wir zahlen für unsere Fischkarte und halten uns an die Regeln. Und nun kommt einer daher aus dem Wynental, ein Bub mit Wurm und Velo, und fischt uns die Seeforelle frühzeitig aus dem See.»

Es sei doch ein gutes Jahr gewesen bis jetzt. Brachsmen seien gefangen worden wie selten so viele. Alet auch. Was gibt es da zu jammern?

«Brachsmen sind Stinker. Alet sind Nadelkissen. Die zählen nicht.»

«Und die Trüsche? Hat man keine Trüschen gefangen?»

Da erzählte Sämi, der ein grosser Unternehmer und ein weitherum geachteter Mann war, dass er vor zwei Monaten eine Trüsche gefangen habe. Ein Pfund.

«Wie war die Leber?»

«In Zwiebeln und Butter habe ich sie selbst gebröselt. Die Leber war gut, die Trüsche auch.»

«Glück muss man haben,» sagte Hermann Karrenrud. Es klang missgünstig. Der Velobub aus dem Wynental hatte ihm eine Seeforelle weggefangen, dieser Sämi da auch noch eine Trüsche.

«Könnt ihr eigentlich nur von den Fischen reden?» Dambach Käru fragte so, der Mann mit dem motorisierten Velo.

«Wovon denn sonst?»

«Zum Beispiel von den Kaninchen.»

Max Bösiger, der Wirt stand auf und machte sich anderswo zu schaffen. Für ihn hörten die Nutztiere nach unten mit dem Schwein auf. Kaninchen, Ratten und Mäuse waren nichts für einen ernsthaften Bauern. Aber sein Vater blieb. Er war ein altgedienter Bauer und gewesener Wirt. Weshalb sollte er sich nicht für diese kuriosen Kleintiere interessieren. «Was ist mit deinen Kaninchen?»

So erzählte Dambach, es habe da in seinen Kaninchen-ställen eines Nachts rumort und geschlagen, aber der Lärm war nicht allzugross, er sei wieder eingeschlafen. Indessen waren am Morgen alle Ställe leer. Diebe hätten die Kaninchen gestohlen. Alle, alle, alle.

«Hat man den Dieb erwischt? Wer war es?»

«Ich habe ja meine Vermutungen.»

«Wer?»

«Entweder der Kläusu aus Mosen oder der Hürlimann.»

«Wie kommst du darauf?»

«Es ist immer der Kläusu aus Mosen oder der Hürlimann.»

Damit war über die mögliche Täterschaft gesagt, was gesagt werden konnte. Keine Beweise, aber Mutmassungen, die auch nicht zu widerlegen waren. Der Hürlimann war ein unsteter, unsicherer Bursche. Der Kläusu, ja, der stach im Februar laichende Hechte im Moos mit der Mistgabel und verkaufte sie dann bis nach Eschenbach hinauf. Warum sollte er da nicht Kaninchen stehlen?

Aber so kam man nicht weiter. Das schöne Ännchen kam. Ob der Generalstabsoffizier etwa da sei? Er war nicht da. Aber das schöne Aennchen wurde hier auch ohne ihn gern gelitten. Giuseppe rief nach Wurst.

«Lasst uns doch noch ein wenig von früher erzählen. Wer macht den Anfang?» Niemand machte ihn. Schliesslich raffte sich der schweigsame, grosse eckige Titus auf und sagte: «Na gut dann. Ich werde euch erzählen, wie ich in der Bezirksschule

die Noten

nicht lernte, die Musiknoten.»

Sicherlich hatten alle schon in der Primarschule die Musiknoten gelernt. Warum nicht auch ich? Einmal fehlte ich in der vierten Klasse mehrere Wochen wegen einer Hirnerschütterung. Abgedunkelt lag ich in meiner Langeweile. Haben die andern in dieser Zeit die Noten gelernt?

Zwei Klassen höher, schon in der Bezirksschule, gab es bei einem richtigen Musiklehrer richtigen Gesangsunterricht. Wir sangen einhundertzwanzig Buben stark in drei Stimmen. Wir sangen «Ein Jäger aus Kurpfalz», «Wenn alle Brünnlein fliessen», «Vaterland, hoch und schön», «Trittst im Morgenrot daher», «Wem Gott will rechte Gunst erweisen», «Üb immer Treu und Redlichkeit», manchmal auch «Hoch auf dem gelben Wagen» und «Ich hat einen Kameraden». Der Musiklehrer verteilte Notenhefte und spielte die Melodien auf dem Flügel vor. Viele konnten richtig singen, vielleicht nicht ganz nur nach Noten, aber die Hefte waren doch eine Hilfe.

Einmal bekamen wir nur leere Notenblätter ausgehändigt. Das Lied stand an der Tafel. Wir mussten es abschreiben.

Ich habe es immer verstanden, meine Arbeit rationell einzuteilen. So schrieb ich zuerst alle Noten und sparte den Text noch auf. Und siehe, die Noten brauchten viel weniger Zeilen als auf der schwarzen Tafel. Nur etwas mehr als eine volle Zeile brauchten sie insgesamt. Dann schrieb ich den Text darunter und war selbst überrascht, wieviel Platz nun der benötigte. Die ganze erste Seite und die halbe zweite dazu musste ich da vollschreiben, über den Worten waren längst keine Noten mehr.

Der Musiklehrer sah das und ergrollte. Geduld war seine Stärke nicht. Aber auch Beethoven sei ja jähzornig gewesen. Ich musste nach vorn. Er verschob die Tafeln und da waren zwei grosse schwarze Flächen, die eine ganz leer, die andere mit Notenlinien unterlegt. «Schreib ein A», sagte er zu mir. Ich nahm langsam eine Kreide, denn manchmal bedeutet Zeitgewinn schon die halbe Rettung. Dann malte ich auf die unlinierte Tafel einen grossen, schönen Buchstaben A. «Nicht ein solches A», donnerte der Pädagoge und ich beeilte mich, nun ein kleineres a hinzuschreiben, eine Minuskel, wie der Lateinlehrer gesagt haben würde. «Ein Noten-A natürlich, du Dummkopf!» brüllte er mich an. Da war guter Rat nun wirklich teuer. Zwar hatte ich auf den Notenblättern von diesen erbsenförmigen oder auch runden Gebilden schon Legionen gesehen, aber ihre Bewandtnis hat mir nie jemand aufgedeckt.

So malte ich, immer noch auf die unlinierte Tafel, eine von diesen Hohlbohnen. Wütend wie ein Beethoven nahte der Lehrer, die schon ausgestreckte, offene Hand verhiess nichts Gutes. Da malte ich die Erbse oder Bohne aus, in blindem Zorn hatte mich der Gerechte fast erreicht und in meiner Not malte ich meinem Ding einen Hals, zog Schwänzchen daran auf, eines, zwei, mehr. Aber nun ereilte mich der Schlag auf die rechte Wange und dieser Schlag hätte mich nach links stürzen lassen, wäre da nicht von eben dieser Seite der zweite Hieb erfolgt. Damit war der Jähzorn des Musikers aber auch schon verraucht. Ich wurde unter Kopfschütteln auf meinen Platz entlassen.

Der Chorgesang war immer auf Randstunden gelegt. So reichte die Zeit vor dem Mittagessen nicht aus, meine Backen abschwellen, ihre Rötung verblassen zu lassen. Ich hatte die Herkunft dieses Zustandes zu erklären und tat es wahrheitsgemäss. Mein Vater konnte Noten auch nicht lesen. Aber man wusste damals, was immer ein Lehrer auch tat, es war richtig. Die Sache habe sich wohl anders abgespielt als in meiner Schilderung. Vermutlich stecke meine flegelhafte Frechheit dahinter. Ich bekam auf beiden Backen nochmals das Gleiche. Die Musiknoten aber beherrsche ich trotzdem bis heute noch nicht.»

So gestand Titus. Und nun solle ein anderer von früher erzählen. Schliesslich nahm Fritz Blaser das Wort, der sonst selten da war, aber jetzt war er da. Von

Roos

wolle er berichten und die Sache habe sich in eben jenem Singsaal zugetragen wie die just vernommene.

Der Lehrer des Gesanges hatte einen bürgerlichen Namen wie jeder. Unter uns indessen hiess er «Aff». Er sah nicht ganz so aus, noch benahm er sich wie dieses Tier. Wir taten ihm unrecht. Aber Kinder sind grausam und ungerecht.

Gross war die Menge jener, die bei ihm den Chorgesang zu erlernen hatten. Man wird mit achtzig oder hundert singunwilligen Schülern die Zahl nicht überschätzen. Die Zaghaften, Ordentlichen besetzten die erste Stimme, die Unruhigen, Unverlässlichen die Zweite. Im kleinen, aber kompakten, verschworenen Bass standen oder sassen die eindeutig Frechen.

Warum hatte sich Roos mit seinen halblangen, engen Röhrenhosen, die damals ausser bei Wilhelm Busch niemand mehr trug, in der gesitteten ersten Stimme angesiedelt? Er hätte doch vorzüglich zu den selbstbewussten und aufständischen Bässen gepasst. Er aber sass oder stand, je nachdem, mitten im Haufen der pflegeleichten und wohlerzogenen Mittäter der soweit problemlosen ersten Stimme.

Eines späten Vormittags allerdings fiel er ungnädig auf. Er knallte nämlich im Tosen des brausenden Chorgesanges sein Notenheft auf das Sängerbänklein. Piano oder forte: Er knallte und störte. Der Lehrer des Gesanges unterbrach uns. Er wies diesen Roos zu Recht zurecht. Man begann wieder: Ein Jäger aus Kurpfalz, der reitet durch den grünen Wald... Roos knallte wieder. Es war nicht einmal Lausbuberei. Eine innere Hinwendung zum Rhytmus hatte ihn gepackt und hier stand er und konnte nicht anders. Alle Sänger waren natürlich auf des Roosen Seite und als der Gesangslehrer mit dem Übernamen Aff, den er überhaupt nicht verdiente, wiederum unterbrach, da war der allgemeine Tumult, vor allem bei den eigenwilligen Bässen, nicht mehr zu meistern. Die Bässe sangen weiter, die zweite Stimme teilweise auch.

Nur die folgsame erste Stimme gehorchte dem Dirigenten.

«Roos, daher!» befahl der Gesangslehrer. Aber kein Roos kam nach vorn. Was sollte er sich da mit dem Haselstocke traktieren lassen! Es sangen die Bässe, es sang verdünnt auch die zweite Stimme. Es schlug dieser Roos, der einzige, der noch barfuss zur Schule kam, den Takt.

Da schickte der Lehrer uns alle hinaus. Nur Roos solle bleiben. Aber auch Roos versuchte die Türe zu gewinnen. Es stellte sich deshalb der sogenannte Lehrer «Aff» an den Ausgang, um den Ausbruch des Sängers Roos zu verhindern. Am Ende befand sich nur noch dieser im Singsaal. Aber wenn ihn der Lehrer da oben in den Rängen fangen wollte, musste er die Torwache verlassen.

Vom Tumulte alarmiert, erschien der Abwart. Ein unerbittlicher Mann und immer auf der Seite der Lehrer. Den stellte der Lehrer des Gesanges nun an der Türe auf und machte sich dann persönlich auf, den Schüler Roos zu fangen. Wir sahen, so gut es ging, durch die Türe zu. Roos in seinen halblangen, dünnen Ringelhosen beturnte wie vierbeinig das Gebänk, ein wirklich wendiger Affe. Der grosse Affe stieg ihm in ungenügender Behendigkeit nach. Den Haselstock liess er nicht aus der Hand. So jagte der grosse Aff den kleinen Affen und erwischte ihn nicht. Unvorsichtigerweise aber näherte sich der kleine Affe der Tür, da packte ihn der Abwart am Gürtel und hielt ihn, den wild Zappelnden, fest.

Sie haben ihn in den sogenannten Karzer gesteckt. Das war eine Art schulisches Arrestlokal, kaum je belegt, aber jetzt von trefflichem Nutzen. Da steckten sie ihn hinein, der Lehrer und der Abwart. Sie schlossen zu und wischten sich den Schweiss aus den Gesichtern. Das gab vielleicht eine Geschichte! Der Rektor beriet sich mit dem Klassenlehrer und natürlich auch mit dem Gesangslehrer. Man liess die Mutter Roosens kommen.

Witwe war sie und sie hatte auch noch andere Kinder zu versorgen, wenn auch nicht so wilde. Bruno Roos sass derweil im Karzer und schrie wie ein gefangenes Wild. Das erschreckte auch die Leiter der Schule. Wenn sich dieser halbwüchsige Knabe nun ein Leid antat? Jeder konnte ja mal durchdrehen. Zudem war er eine Halbwaise, die Mutter hatte Kummer genug. Der Bruno war kein schlechter Schüler, in der Mathematik nicht, nicht in den Sprachen. Wer spricht vom Turnen, wo er an Kletterstange oder Seil uns alle übertraf? Selbst die Gesangsnoten waren bisher ordentlich gewesen. Auch Zeichnen und Buchhaltung, was zu unserer Zeit zusammengehörte, hatten ihm keine Mühe gemacht.

So beruhigten sie ihn mit guten Worten. Süssen, kalten Tee hielt ihm der Abwart bereit. Die Mutter rief durch die Türe. Er kam dann ganz gesittet heraus. Ein wenig wild blickte er anfänglich noch um sich. Aber er trank den Tee, in dem sie auch noch eine gewisse Tablette aufgelöst hatten. Folgsam liess er sich dann nach Hause nehmen. Er war künftig wieder ein normaler Schüler, nicht aufsässiger als wir andern.

Er ist im Leben ein bedeutender Mann geworden. Ein Manager ist er geworden. Er hat Leute geführt und für seine Firma gute Geschäfte gemacht. Wir andern schauten seinem Aufstieg mit Staunen zu. Muss man klettern und springen können wie Roos, damit man sich im Erwerbsleben behaupten kann? Nun lebt er im Ruhestand in einem bequemen Haus am Waldesrand. Er geht wieder barfuss und lässt sich in London für teures Geld in der Savile-Row jene halblangen, engen Röhrchenhosen schneidern, die Wilhelm Busch ihm zugezeichnet hatte, und die es sonstwo nicht mehr gibt.

«Von früher? Ich werde euch von früher erzählen, wenn ihr unbedingt wollt. Aber tadelt mich nicht, wenn euch die alte Kunde nicht passt.» So sprach Herr Robert. Der alte Coiffeurmeister Oswald, der im Jahre Nullsieben verstorben sei, habe einen älteren Bruder gehabt,

Emil

mit Namen. Für Emil waren alle Jacken zu eng, alle Zigarren zu kurz und alle Mädchen zu heiratswütig. Ein Fünfundsechziger war er vom vorigen Jahrhundert. Und als er das Alter hatte, etwas Vernünftiges zu werden im Leben, da blieb er nicht im Lande um sich redlich zu nähren. Er schiffte sich mit seinem vorbezogenen kargen Erbteil nach Amerika ein. Ein geschickter Barbier und Händler war er und als er in New York ankam, verweilte er nicht, sondern zog sofort weiter. Die Bahn trug ihn mit dem Rest seines Geldes tief in den Westen. Wäre er in New York geblieben, so hätte es bald keinen Resten mehr gegeben. Denn schon damals frass diese Stadt Geld und Leute auf.

Er kam in eine Aufschwungstadt aus Bretterbuden und Whisky. Da liefen alle die guten, schlechten, wahren und falschen Gerüchte ein. Die Bank nahm und gab Zinsen in einer Höhe, wie sie in gesitteten Verhältnissen nicht vorkamen. Was anderswo für das Jahr galt, wurde hier auf den Monat gerechnet.

Es war ein kluger Entscheid dieses Mister Emil, wie er jetzt allgemein genannt wurde, nicht weiter ins Ungewisse vorzustossen. Er richtete sich als Barbier ein, zog Zähne, schnitt Beulen, liess zur Ader und schiente Brüche. Auch Gesundheitstrünke verkaufte er. Die Kundschaft des regulären Arztes, der allerdings möglicherweise gar keiner war, lief grösstenteils dem Barbier zu. Eine Badstube gliederte er dem Betrieb an, der Badstube einen Saloon, dem Saloon ein kleines aber sauberes Hotel. Sein Geschäft ging gut und warf schönes Geld aus. An der lokalen Bank beteiligte er sich nicht.

Drei Jahre blieb er in diesem Eisenbahnnest und war schon wohlhabend. Aber ein Barbier, Saloonbesitzer und Hotelier erfährt vieles. So verkaufte er, was er besass, trug das meiste aus dem Erlös trotzdem zur Bank und machte sich gut beritten. Dann reiste er wochenlang durch die bald hügelige, bald mehr bergige Gegend an jenen kleinen, kalten Fluss, wo erst kürzlich neues Gold gefunden worden sei. Er kaufte sich mehrere Claims und liess arbeiten. Einer der Claims gab überreichen Ertrag. Emil Weber, schmalerbiger Jungmann aus dem langweiligen Beinwil, war nun ein schwerreicher Mann. Er verkaufte die Claims gegen gutes Gold, von dem er doch schon sonst ein Vermögen besass. Aus Beinwil war er ausgezogen, um im sagenhaften Amerika sein Glück zu machen. Das war gelungen und genügte. Für ihn war die Zeit des Abenteuers vorbei.

Dieses gedachte er nun zu tun: Seinen Leuten zu Hause wollte er sein Erbteil im doppelten Betrag zurückerstatten – ohne Ansprüche auf irgendetwas. Das war eine lächerlich geringfügige Summe aus seinem heutigen Vermögen.

Dann wollte er sich hier im breiten Amerika endgültig niederlassen. Eine Ranch wusste er schon zu kaufen, sie war die grösste in diesem Teile des höckrigen Westens. Eine weitere grenzte an. Der Eigentümer war von seiner abflippigen Frau enttäuscht. Jeder Reiter und Knecht blickte ihm frech in die Augen. Er würde für einen passablen Preis alles hinter sich lassen. Dann kannte Emil auch das leere Tal, aus dem die Wasser kamen. Leicht wäre es von der Regierung zu haben.

Für Emil war der grosse Johann August Sutter, auch Schweizer, das Vorbild. Als Herrscher über ausgedehnte Ländereien baute jener Früchte und Gemüse an, hielt Vieh, betrieb Sägewerke und brachte Wirtschaft und Fortschritt in ein vordem fast leeres Land. Dass ihm dann die Goldgräber Besitz und Land zerstörten, wäre abzuwenden gewesen. General Sutter hatte die Gefahr zu spät erkannt.

Emil war reich genug, Latifundien in der Grösse eines Schweizerkantons nicht nur zu erwerben sondern auch mit Herden zu bestossen und auszurüsten. In einem Camp erfuhr er beim Durchritt, Banditen seien in der Gegend. Zwar schoss er gut und rasch wie alle Männer aus seiner Familie, die sich vom sagenhaften Schützenmeister Orasses im alten Griechenland und über Wilhelm Tell herleitet. Und das heimatliche Vetterli-Gewehr im Lederschuh am Pferde war damals auch in Amerika die beste Waffe. Aber des Emil Art war Vorsicht. Er vergrub, was er an ungemünztem Golde bei sich hatte – ein Vermögen, wie es der reichste Schweizer nicht besass. Das Beipferd veräusserte er, um unauffälliger zu reiten, in einem Dreckloch von Ortschaft. In seiner Eisenbahnstadt behob er das Bankguthaben – auch das ein Vermögen – und kaufte gemünztes Gold dafür. Auch dieses Gold vergrub er in den Weiten der flachen Hügelland-schaft und behielt nur auf sich, was er beim Ankauf grösserer Güter als Handgeld brauchen würde. Das war Geldes genug.

Wie er nun landauf und landab ritt, um seine Geschäfte vorzubereiten, da sass er eines Abends in einer kleinen Schenke in einer kleinen Stadt, die Goldlake hiess, bei einem kleinen Bier, um seine Gedanken in Musse zu überschlagen. Er konnte zufrieden sein und einer grossen Zukunft entgegensehen. Da schossen an der Bar unvermittelt und überraschend zwei Männer um sich. Des einen Mannes Schuss ging fehl und traf Emil Weber zwischen die Augen. Er war auf der Stelle tot.

Nie hörte die Verwandtschaft in der Schweiz je wieder von ihm. Nach dreissig Jahren wurde er für verschollen erklärt. Die Barschaft, die er bei seinem Tode auf sich getragen hatte, verlor sich. Nach dem vergrabenen Gold hat nie jemand gesucht. Nie wurde es gefunden. Nur seine Schwägerin, die aus einer abergläubigen Sippe stammte und das zweite Gesicht hatte, sah die Goldverstecke vor ihrem geistigen Auge und beschwor ihren Mann und dessen anderen Bruder, mit ihr nach Amerika zu reisen und den Reichtum zu bergen. Man lachte sie aus. So liegen diese unermesslichen Reichtümer noch immer unter der längst verharschten Grasnarbe des amerikanischen Westens.

So berichtete Herr Robert und fügte hinzu, wenn das Gold doch noch je gefunden und den rechtmässigen Erben zugeführt würde, wären sie im Stande, das ganze Seetal von Hochdorf bis Wildegg aufzukaufen.

Schon war es wieder Herbst geworden. Die Birnbäume

krankten alle, trugen nichts und mancher unwillige Bauer war da mit der Säge dahinter gegangen. Aber die Äpfel kamen gut dieses Jahr. Davon sprachen sie an diesem Spätnachmittag im «Wirtshaus zum Seethal» und liessen keinen guten Faden an der Bauernpolitik. Nur grosskalibrige Äpfel könne man den Genossenschaften, Stadtmärkten und Ladenketten liefern. Für jede Sorte sei eine Norm, das heisst ein Loch in einem Brettchen vorgegeben worden. Was durchfiel, durfte als Tafelobst nicht angedient werden. Eine Schande sei solches, wenn der Bauer alle paar Jahre einmal Glück in den Bäumen habe, nehme man ihm Freude und Entgelt. So sei es bei den Fischen auch, sagte Jacky Mouse. Sie wollen das Eglimass auf 18 Zentimeter heraufsetzen! Seit Menschengedenken waren fünfzehn richtig! Seit Menschengedenken!

«Aber im Zürichsee gelten schon seit eh und je zwanzig Zentimeter.»

«Der Zürichsee ist grösser,» sagte Jacky Mouse. Das genügte offenbar als Begründung und sie kamen wieder auf die Äpfel zurück. «Wer macht eigentlich solche Vorschriften?»

«Der Bund natürlich! Nur der Bund! Sie wollen in Bern nicht, dass es den Bauern zu gut geht. Sie wollen den Bauern drücken. Alle Kleinen drücken sie!»

«Nicht alle Bauern sind klein. Es gibt grosse, schöne, satte Betriebe.»

«Die kommen auch noch unter die Räder, ihr werdet sehen. Die in Bern hören erst auf mit dem Zwang und den Vorschriften, wenn alles am Boden liegt!»

Das ärgerte den Krämer, der auch wieder einmal im Lande war. Er wisse da etwas Bescheid. Es gäbe dieses Jahr soviele Äpfel, dass man nicht alle vermarkten könne. Ohne die Grösseneinschränkung kämen überall viel zu viele zum Verkauf, die Preise müssten fallen und dennoch könnte nicht die Hälfte der Ernte verkauft werden. Die Schweizer essen nun einmal nicht mehr davon als so und soviele pro Person. Da habe der Bauernverband – habt ihr gehört: der Bauernverband! – vorgeschlagen, man solle das Angebot einschränken mit eben dieser Grössenbedingung. So bleibe der Preis oben und die Bauern bekämen wenigstens für einen Teil ihrer Ernte ein ordentliches schönes Geld.

«Der Bauernverband! Die stecken doch mit denen in Bern unter einer Decke.» Ich glaube, es war Hegihans, der dies einwarf. Er sagte sonst wenig. Aber dies sagte er, weil es einmal gesagt werden müsse.

Der Krämer liess nicht davon ab, die Sache weiter zu erläutern. Aber man rechnete ihn jetzt den Feinden der Bauersame zu. «Aber wie wollt ihr mehr auf den Markt bringen, als der Markt schlucken kann?»

«Markt! Markt! Immer sagen sie Markt! Aber den

Bauern interessiert der Markt nicht, er will ja nur seine Ernte verkaufen. Das will er!»

«Sie sollten die Bananen verbieten, die Orangen und all das ausländische Zeug. Dann müssen die Leute Äpfel essen!» Sie beschlossen, jetzt und sofort nur noch Most zu trinken, keinen Wein mehr und kein Bier. Sie bestellten sauren Most, Margrit brachte ihn gerne. Aber Fils sagte schliesslich: «Ich bin kein Mösteler. Ich trinke lieber Bier. Bier wird aus Gerste gemacht und wer pflanzt Gerste?» Da fielen schon bei der nächsten Runde mehrere wieder vom Apfelsaft ab. Und bei der wiederum nächsten Runde wandte sich erneut jeder dem zu, was er schätzte. Magdalener wurde verlangt. «Aber der kommt aus dem Ausland.» Der Schweizerwein sei eben zu teuer, meinten da die Weinliebhaber. Aeni Wiederkehr stimmte dem zu. Er war wieder da, obwohl auch der Krämer dasass, mit dem er über dessen Grossmutter vor einiger Zeit in Streit geraten war.

Und es begab sich, dass ich zu eben dieser Zeit ebenfalls im Wirtshaus zum Seethal war, ich, der Nacherzähler all dieser Geschichten. Aber ich erzählte auch dort eine, damals, und sie betraf unsere

Quitten

In meines Vaters Baumgarten, schon nahe am Wald, stand ein Quittenbaum. Der Baum war nicht jung und nicht alt, nicht klein und nicht gross, aber ganz verwildert. Nie geschnittene Wasserschosse standen dicht in seinem ohnehin engen Geäst. Ein Besen war die Krone, der Anblick tat jedem Baumfreund weh. Und entsprechend gerieten die Früchte: kümmerlich an Wuchs, kümmerlich auch an Zahl.

Ein Bauer schnitt uns von Zeit zu Zeit die Bäume. Als er diesmal wiederkam, ermahnte ihn mein Vater, auf den Quittenbaum keine Zeit und keine Kunst zu verwenden. Es sei um jeden Scherzwick schade. Quitten könne niemand essen, Gelée und Konfitüre bekämen wir von allen Seiten mehr geschenkt, als wir verbrauchen konnten und das Mus sei weder Apfel noch Birne, höchstens langweiliger Pflömm. Der Bauer schnitt die Kirschen, die Zwetschgen, die Pflaumen, die Aprikosen an der Scheunenwand, die Tierlein und was wir noch alles an Steinobst hatten. Und er schnitt den Boskopp, die Goldparmäne, die Weberhannesli, die Berner Rosen, die Schafnase, den Gravensteiner und die sauren Klaräpfel. An sonstigem Kernobst waren Schwetzibirnen da, Butterbirnen und die frühen, süssen Heubeerli. Die mochten wir Kinder von allem am meisten. Das alles schnitt er und als die Arbeit getan war, führte er meinen Vater von Baum zu Baum und erklärte die Eingriffe. Am Schluss wies er auf die Quitte: «Der Baum ist eine Schande. Soll ich ihn nicht doch auch drannehmen?»

«Nein, keinen einzigen Scherzwick verwendest du darauf.»

So blieb der Quittenbaum, was er war: Ein richtiger Struwwelpeter, ein Hexenbesen, ein Krähennest.

Da kam eines Tages der Nachbar herunter und fragte meinen Vater, ob er den Baum schneiden dürfe. Die vor einigen Jahren noch grossen, goldenen Früchte vor dem dunklen Hintergrund des Waldes hätten immer sein Auge erfreut. Er vermisse den Anblick. «Meinetwegen,» sagte der Vater, «dann musst du aber auch die Früchte übernehmen, damit sie nicht am Baume verfaulen.» Der Nachbar schnitt den Baum und erfreute sich im Herbst lange am leuchtenden Gelb der nun wieder grösseren und zahlreicheren Früchte. Seine Frau kochte Konfitüre und Gelée und brachte prompt die Hälfte davon meiner Mutter. Die Mutter wollte nicht unhöflich sein und nahm deshalb einen Teil davon an, versteckte die Gabe aber im Keller. Die Gläser galt sie sofort mit leeren ab. So ruhten der überflüssige Quittengelée und die überflüssige Quittenkonfitüre hinter dem Kohlenhaufen und hinter dem alten Gebinde und sie vermehrten sich dann Jahr für Jahr durch weitere Gaben der Nachbarin. Mein Vater hat diesen Vorrat nie entdeckt.

Er ärgerte sich nur noch einmal ob seiner Quitten. Eine Abordnung ging durch das Dorf und prämierte die schönsten Früchte. Mein Vater war dabei, als sie durch seinen Baumgarten schritten. Er hatte auf Lob für die Goldparmänen oder die Weberhannesli gehofft, vielleicht für die Butterbirnen. Aber sie prämierten seine

Quitten. Er hatte wahrhaftig die schönsten im Dorf und erhielt zu weiterem Ansporn den Ehrenpreis – eine Flasche vom hiesigen Möttuer, einem Weinlein, das seinerseits wohl nie einen Preis machen wird.

Mein Vater starb, die Mutter überlebte ihn, wie ihr wisst, um viele Jahre. Aber sie hatte die Gewohnheit beibehalten, die jährlichen Gelée- und Konfitürengaben hinter den Kohlenhaufen und das alte Gebinde zu stellen. Als auch sie starb, räumten wir Haus und Keller. Wir fanden fast zweihundert Gläser von dem längst verdorbenen Zeug. Ich habe meines Vaters Abneigung gegen Quitten geerbt.

Und es gestand am Nebentisch ein schlichter Mann, mit einer gewissen Josephine verwandt gewesen zu sein, die Unruhe in den Seelenfrieden ihrer eigenen Familie gebracht hatte. Eine Art Grosstante sei sie wohl zu ihm und er berichtete: Katholisch kam

Josephine

vom Allgäu her in die Schweiz und musste reformiert heiraten. Anders hätte es Walter Müller nicht getan. Und ihm gehörte das Haus, und ihm gehörte das Geschäftlein und ihm gehörte der Garten, während Josephine nichts besass als die Kleider auf dem Leib, ihren schwäbischen Fleiss und ein Rezept im Kopf für eine besondere Suppe. Auch war der ganze Ort, wo sie hinkam, ziemlich reformiert.

Die drei Kinder wurden reformiert getauft, so setzte es Walter Müller durch. Aber bevor die unmündigen Würmlein die Welt verstanden, starb der Vater schon weg. Flugs lief Josephine über die nahe Religionsgrenze und liess alle drei wieder katholisch werden. Der Pfarrer war dauernd im Hause, auch Kuttenmönche nahmen unter belehrenden Gesprächen häufig ein Gläslein Wein. Für Josephine konnte es des Zuspruches nicht zuviel geben. Wie sollte sie die Sünde los werden, reformiert geheiratet und die eigene leibliche Frucht zunächst den falschen Propheten ausgeliefert zu haben? Man bekniete ihre reuige Seele, sie ihrerseits zog die Kinder im strengen Glauben heran.

Diese Erziehung aber hielt nicht vor, als die Kinder erwachsen wurden. Einzig die Tochter blieb strenggläubig, heiratete strenggläubig, wohnte in einer strenggläubigen Gegend und erzog ihre Kinder strenggläubig. Als ihr Mann starb und die Kinder ausgezogen waren, verfiel diese Tochter dem religiösen Wahnsinn. Man sollte als Fünfzigjährige nicht im weissen Nachthemd und mit einer brennenden Kerze um die helle Mittagszeit durch die Strassen gehen.

Ein Sohn heiratete reformiert und liess die Kinder reformiert taufen. Wilde Ehe nannte das die alte Josephine, die solches noch erleben musste. In wilder Ehe hatte auch sie jene Jahre verbracht, bevor ihr Mann gestorben war und sie in den Schoss der alleinseeligmachenden Kirche zurückkehren konnte. Aber Schlimmeres noch musste Josephine mitansehen. Ihre reformierte Schwiegertochter starb und nichts schien für Josephine näher zu liegen, als dass nun ihr Sohn die irregeleiteten Kinderlein ins Katholische hinein konvertieren liess. Aber der Sohn konvertierte nun seinerseits und wurde protestantisch.

Der andere Sohn verfiel dem Knoblauch und sagte sich vom Abendlande los. Ob er dem mosaischen Glauben sich näherte oder dem muslimischen, hat man nicht mehr gehört. Es kam noch Kunde aus Akko, wo sich zu jener Zeit alles mischte. Ein europäischer Dattelkäufer, der ihn flüchtig kannte, will ihn später in Bagdad an einem alten Tore sitzen gesehen haben. Knaben seien im Kreise gekauert und hätten seinen Geschichten gelauscht. Da dieser Dattelkäufer seiner Sache nicht sicher war und die Erzählung in Bagdad nicht stören wollte, habe er Einheimische nach dem Namen dieses Mannes gefragt. Er sei ein Heiliger, sagten sie, hätte schon immer da gesessen und nenne sich Ibrahim.

Mitunter zeigte sich einer im Wirtshaus zum Seethal, den man den Dichter nannte. Nicht seiner gewandten Sprache wegen nannte man ihn so, auch nicht der Verse wegen, die er gelegentlich vortrug, sondern nur deshalb, weil man ihm seine Geschichten nicht glaubte. Wer nämlich Ungeschehenes erfindet, der ist ein Dichter oder Poet. Aber allemal hörten sich die Erzählungen des Dichters so an, als wären sie wirklich passiert. So etwa die vom

treffsicheren Schützen

der er im Norden einmal selber gewesen sei. Dieses habe sich nämlich zugetragen: «Im Tivoli-Park zu Kopenhagen trieb sich an einem lauen Sommerabend viel Volk um. Müssig wanderte ich durch die müssige Menge. Ich hielt vor einer Schiessbude an.

An einem Rad waren metallene Bären befestigt. Das Rad drehte sich und es galt, die Bären zu treffen, wenn sie aus einem blechernen Walde kamen. Die Schützen versuchten sich vergebens. Angelehnt und aufgestützt schossen sie aus kaum mehr als zwei Metern Entfernung. Aber keiner traf. Zu schwer sei es und sie maulten. Niemand könne den Preis gewinnen, einen ziemlich grossen Plüschbären, zu dessen Erlangung man in fünf Schuss drei Bärlein treffen musste. Sie wechselten sich ab, diese Freizeitschützen. Keiner traf auch nur einmal.

Da drängte ich mich durch die Menge, bezahlte und bekam Gewehr und Patrönchen. Obwohl ich nur ein mittlerer Schütze bin, erfüllte mich die ruhige Sicherheit, dass ich nicht fehlen würde. Ich bat die anderen Schützen und Zuschauer zur Seite. Ich trat noch drei Schritt zurück und kam so auf die doppelte Distanz. Stehend frei wollte ich schiessen, ohne anzulehnen, ohne aufzulegen. Stehend frei.

Ich schoss und jedesmal kippte ich einen dieser Blechbären um, wenn er aus dem Blechwalde kam. Fünf

Schuss, fünf Treffer. Ein Raunen ging durch die Menge. Dann Stille. Schliesslich fragte mich ein Däne ehrfurchtsvoll, wer ich sei, woher ich käme, wie ich es zu solcher Schiesskunst gebracht hätte.

«Ich komme aus dem Lande Schweiz und heisse Wilhelm Tell,» antwortete ich und entfernte mich. Den grossen Trophäenbär aus Plüsch trug ich an seinem Ohr, so dass er manchmal über die Erde schleifte.

Man schaute ihn schief an, den Dichter oder Poeten. Allerdings schaut jedermann Dichter und Poeten immer schief an, sie haben es auch nicht anders verdient. Man schaute ihn also schief an und glaubte ihm die hohe Fertigkeit im Schiessen nicht, derer er sich eben gebrüstet hatte. Ein wenig peinlich war das Schweigen, das da entstand. Gottlob liess sich der Generalstabsoffizier nun vernehmen, der auch in der Runde sass. Nicht nur Poeten seien Poeten, sagte er, und «hört, wie ich die Schlacht von

St. Jakob an der Birs

beschreibe:

Vor vielen Jahren im August
erschien vor Basels Toren
ein fremdes Heer voll Mordeslust.
Die Sache schien verloren.

Da rückten tausend Schweizer aus.
Sie assen nochmals Hirse
und zogen dann ins Siechenhaus
Sankt Jakob an der Birse.

Hier stachen sie das Riesenheer
der frevlern Armanjacken
mit Hellebarde, Dolch und Speer
in dero Hinterbacken.

Wie floss an jenem Tage rot
die Birs zum nahen Rheine.
Die alten Schweizer waren tot
doch fürwahr nicht alleine.

Zwölftausend Franzen starben auch
den Jakobstod im Felde.
Der Rest verlief mit Schall und Rauch
nach Westen und in Bälde.

«Ja, ja, du magst auch ein Poet sein. Aber bleibe trotzdem bei deinem ehrlichen Beruf. Ein Generalstabsoffizier ist allemal noch zuverlässiger als ein wankelseeliger Poet.»

«Wie oft soll ich euch noch sagen, dass ich zwar Generalstabsoffizier bin, nicht aber ein Berufssoldat sondern ein Milizbürger wie ihr selbst. Ich rücke ein, dann bin ich eben ein Stabsmensch. Ihr rückt ein, dann seid ihr Traktorfahrer beim Train oder Küchengehilfe

Nummer zwei oder auch Grenadier mit Granate. Wo ist da der Unterschied?»

«Ich habe einmal hinter dem Napf Dienst getan,» rief da einer dazwischen, der nicht häufig hierherkam. Elmiger hiess er, aber man nannte ihn in einer eigenartigen Erweiterung und Umkehrung der Buchstaben Äumliger. «Versuchen Sie es einmal, verehrter Leser. Sie werden mir recht geben, Äumliger geht besser von der Zunge als Elmiger. Ein Luzerner Geschlecht ist das aber allemal, sie können da ja auch nicht alle Ineichen heissen oder Wüest oder Bachmann oder Kopp oder Schütz oder Wey oder Herzog oder Leu oder Zünd oder Ämissegger oder wie auch immer. Warum soll einer nicht Äumliger heissen, ein wackerer Arbeiter in der Drahtfabrik sein und auf einem uralten Velo herumfahren, wenn er am Feierabend von Wirtschaft zu Wirtschaft musste. Denn er war ledigen Standes, niemand hatte ihm zu befehlen, aber niemand besorgte ihm auch den Hausstand. Da ist man auswärts bald einmal besser aufgehoben als im leeren eigenen Häuschen, in das sich niemand je verirrt.

Aber Äumliger hatte niemand je etwas zuleide getan. Er war ein wenig laut in den Worten, wie auch Jacky Mouse. Aber weder ist etwas falsch, weil es laut gesagt wird, noch ist es deshalb richtig. Wir dürfen deshalb diesem Hans Äumliger unvoreingenommen zuhören, wenn auch er, wie so viele schweizerische Wirtshausgäste vom Militär erzählte und sich dabei vor dem Generalstabsoffizier überhaupt nicht schämte. Was weiss so ein Generalstabsoffizier denn schon vom Militär? Aber er, der Hans Äumliger war hilfsdienstverpflichtet gewesen, hinter dem Napf hatte er Dienst getan als Suppenkoch, als rechte Hand des Küchenchefs der Kompagnie. Der Suppenkoch sei für das Wohlergehen der Truppe wichtiger als der Küchenchef. Der Chef müsse aus dem Abfall, den ihm der Fourier zudiene, und aus abgestorbenen Armeevorräten ein Essen bereiten, das niemals gelingen könne. Weiche Hörnli mit Zwetschgenmus! Noch weichere Hörnli nachts um halb drei draussen auf Waldposten, ohne Zwetschgen aber mit Käse zu einem kompakten, lauwarmen Klumpen geworden. Oder Mais! Mais als Klumpen mit Salz. Mehr kann der Küchenchef nicht tun, auch wenn er den Wachtmeistergrad hat und im ganzen Dorf der Grösste ist! Oder fast der Grösste, nämlich nach den beiden jungen Leutnants und dem Feldweibel, diesem Filou.

«Hans, wolltest du jetzt etwas erzählen oder nicht? Jeder weiss, wie die Hörnli aus dem Kessi schmecken oder das steinharte Altkuhragout mit den Stampfkartoffeln.»

«Aber die Suppe rettet alles. Noch immer habe ich Gemüse und Knochen genug zusammengetrieben, auch ohne Fourier und Küchenchef, und daraus eine kräftige, würzige Suppe gemacht, dass die Mannschaft frohlockte. Und hätte der Feind uns damals angegriffen in Malters oder Entlebuch oder Eschlismatt oder gegen

Flühli hinauf, wo wir auch noch Posten hatten, die Mannschaft hätte gekämpft bis aufs Blut.»

«Wegen der Suppe?»

«Um die Suppe.»

Der Generalstabsoffizier konnte sich eine Bemerkung nicht verkneifen: «Ihr kämpft also für Suppe und Vaterland.»

Da sagte ein alter Mann, der noch im ersten Krieg an der Grenze gestanden hatte: «Machen Sie das nicht lächerlich, auch wenn Sie ein hoher Offizier sein mögen. Die Kompagnie kämpft nicht für den Ruhm der Ahnen, sie ist eine Familie und kämpft um ihren Futtertrog, und das ist die Küche.»

Der Generalstabsoffizier sagte nichts mehr, obwohl er da noch viel zu sagen gehabt hätte. Aber ein anderer fragte den Äumliger Hans: «Hast du uns jetzt diesen ganzen Vortrag nur gehalten, damit wir endgültig wissen, der Suppenkoch und Küchengehilfe Elmiger Hans, Jahrgang so und so, war der wichtigste Mann der Kompagnie?»

Da erinnerte sich Hans, dass er etwas ganz anderes hatte erzählen wollen, und jetzt erzählte er es, wie es ihm erzählt worden sei und wie es am Napfe jeder wisse. Es gehe nämlich um den Kaffee

Uhu

«Wenn die Soldaten in den Bauernwirtschaften rund um den Berg Napf nach Kaffee Uhu verlangen, bekommen sie ihn. Aber die Einheimischen runzeln die Stirn und verdrücken sich in die Ecken, oft auch durch die Tür.

Die Soldaten sind eben den Kaffee Uhu nicht gewohnt. Da weiss man nie, was nach so einem Uhu passiert. Nach dem ersten Glas werden sie leutselig und gesprächig. Nach dem zweiten Glase beginnen sie schöne Lieder zu singen. Nach dem dritten Glase gibt es Streit.

Man nehme ein grosses Kaffeeglas. Es wird in der Napfgegend etwa zwei Dezi tun. Gib eine Münze in das leere Glas, ein Zwanzigrappenstück, Zahl nach oben. Die Wirtin giesst nun Kaffee ein, bis die Zahl nicht mehr zu lesen ist. Dann kommt biederer Obstschnaps dazu, bis man die Zahl wieder lesen kann. Das Glas wird jetzt zu etwa zwei Dritteln voll sein. Es folgt Zucker und dann der üble Kräuterschnaps bis glattgestrichen obenhin.

Es gibt Leute, die nach einem ersten, zweiten und dritten Glas auch noch ein viertes trinken. Sie irren dann in Feldern und Wäldern herum, bis nächtens der Uhu sie holt. Er lehnt sie an Bäume und Felsen. Da sammelt sie am Morgen der Stabsarzt dann ein. Grüngesichtig liegen sie schliesslich im Krankenzimmer der Truppe und ihnen ist speiübel, bis sich ein Sanitäter ihrer erbarmt. Der bereitet ihnen einen neuen Kaffee Uhu zu und nur dieser ist die rechte Medizin zur Genesung. Nur der Uhu ist dem Uhu gewachsen.»

Für heute war genügend erzählt worden. Die Runde trank schweigend noch ein Bier oder ein Glas Wein oder was sie auch immer trank. Dann gingen alle in die Nacht hinaus. Diesmal war es Äumliger, hinter dem sich die Wirtstüre als letztem schloss. Warum der Operettenfils früher gegangen war, wusste niemand.

Es war an einem freundlichen Nachmittag, als die Sonne die Tische in der Gartenwirtschaft milde beschien. Ziemlich viele Wespen flogen um die Gläser und einer, der immer gerne etwa gemault hatte, nämlich der Fischer mit dem grünen Boot, nämlich Hermann Karrenrud, der maulte auch jetzt und zwar über die Wespen. Sie liessen einem keine Ruhe, woher zum Teufel doch diese lästigen Biester dieses Jahr in so hoher Zahl kämen. Da sagte ihm Titus, der sonst an Nachmittagen nie in einer Wirtschaft sass, jetzt aber Ferien hatte, also dieser Titus wies ihn wie ein strenger Pfarrherr zurecht: «Du unzufriedener Mensch! Hast du nicht bemerkt, dass weder Fliegen, noch Bienen noch Hornissen uns belästigen? Die Wespen halten uns die Fliegen fern von Leib und Bier und Most. Danke den Wespen! Sie haben es verdient!» Hermann Karrenrud musste sich von Titus, der wohl an die zwanzig Jahre jünger war als er, nichts sagen lassen. Da er aber andererseits auch kein Freund der Fliegen, Stechbienen oder Hornissen war, schwieg er beleidigt. Aber Streit wollte niemand. Es waren deshalb alle froh, dass sich ein neues Diskussionsthema ergab. Und dieses Thema war eine

Lehrerin

Sie galt als streng und war es auch. Ich durfte bei ihr nicht auf meine Schulbank steigen und unaufgefordert Reden halten. Ich sei neun Jahre alt und müsse mich gesittet benehmen. Das brachte sie mir und allen andern bei und jedem, der mir widersprechen will, sage ich heute noch: «Coelestine war eine ausgezeichnete Lehrerin.» Aber mir widerspricht da niemand. Sie war eben wirklich eine gute Lehrerin.

Warum sie «Coelestine», die Himmliche hiess, weiss ich allerdings nicht. Mag sein, dass in jener Zeit gegen die letzte Jahrhundertwende, als sie geboren wurde, vornehme, lateinische, hochgreifende Namen auch in unserem sonst bescheidenen Dorf Eingang fanden. Einen Cäsar hatten wir, einen Thimotheus, einen Titus und später auch einen allseitig falsch ausgesprochenen Darius.

Jetzt aber ging Coelestine auf der Strasse vor der Wirtschaft zum Seethal dem Dorfe zu. Wir grüssten sie aus der Gartenwirtschaft, sie grüsste freundlich zurück aber tat keinen Schritt, um zu unserer Runde zu stossen. Hat sie je in ihrem Leben einen Ausschank betreten? Ich bezweifle es. Ihr lediger Stand hätte ihr auch zu jener

Zeit eine gewisse Ellbogenfreiheit gebracht. Sie nutzte sie nicht. Sie war freundlich, aber auch bestimmt und hielt auf Distanz.

So ging sie vorbei und man fragte sich, was sie da wohl in Birrwil gemacht habe, denn von dort kam die Strasse am Wirtshaus «Zum Seethal» vorbei. Die aberwitzigsten Gedanken kamen auf und wurden feuchtfröhlich geäussert, behandelt und allesamt verworfen. So untadelig war der Ruf dieser Lehrerin Coelestine, dass nicht einmal haltlose Gerüchte aufkommen konnten. Nie verliess sie das Dorf, es sei denn für die kantonale Lehrerkonferenz oder auf die perfekt organisierte Schulreise: Schloss Wildegg, Schloss Habsburg, Dietschiberg. Und doch kam sie diesmal, keiner konnte es leugnen, aus Birrwil, zwei, drei Kilometer entfernt, zu Fuss, festen Schrittes, man kannte von ihr nicht anderes, und ging an uns vorbei, war schon vorbei und unsere Mutmassungen über ihren Besuch in einem Orte, in dem die Leute statt blau bläu sagten und statt Aarau Aaräu. Und wie leicht war es, ihnen ihre Verwirrung und Inkonsequenz vorzuhalten, denn ein Schwein hiess auch bei ihnen eine Sau und nicht eine Säu. Was wollen wir noch, diese Lehrerin war in unserem unwürdigen Nachbardorf gewesen und nun grüssend aber abweisend an uns vorbeigeschritten.

«Aber sie ist doch eine gute Lehrerin, eine gute Lehrerin ist sie.» Einer sagte es und alle nickten. Ich aber, der ich doch immer und ewig im Verdacht des Widerspruches stand, musste auch hier einschränkend wirken. «Sie hat am Harmonium gespielt wie auf einem Karabiner 31, nein wie auf einer Schreibmaschine.»

«Sie hat uns die alten schönen Lieder beigebracht, schimpfe nicht!» Und einer begann zu singen: Hab oft im Kreise der Lieben im duftigen Grase geruht...» Manche summten mit, hin und wieder kam auch wieder Text herauf, sie sangen, wir sangen und es war schön und niemand erwähnte das Harmonium wieder. Aber nachdem Stille eingekehrt war und jeder aus seinem Glas einen guten Schluck getan hatte, da stach mich doch der Teufel wieder: «Das Zeichnen oder gar Malen hat sie uns aber nicht beigebracht. Eine fürchterliche Sache war das bei ihr.»

«Was soll ein wackerer Bursch oder Arbeiter oder Handwerker oder eine Hausfrau oder eine Ausripperin denn zeichnen können? Schreiben, lesen, rechnen, das ist genug fürs Leben!»

«Sie hat uns auch das Zeichnen beigebracht. So zeichnet man ein Haus, so eine Wolke, so einen Berg! Bei ihr habe ich gelernt, dass ein Kamin senkrecht auf dem Hause steht und nicht im rechten Winkel zum Schrägdach. Seither kann ich, wenn es sein muss, ein Häuschen mit Gartenzaun und Apfelbaum so zeichnen, dass mich niemand auslacht.» Der Kaminfegermeister sagte das. Aber wann hatte er denn zum letzten Mal ein Haus mit Garten und Apfelbaum gezeichnet? Er sei Kaminfeger und müsse keine Häuser zeichnen. Aber wenn er es müsste, so könnte er es, denn er habe es von der begnadeten Lehrerin Coelestine ein für allemal gelernt.»

«Bei der ganzen Klasse sah ein gezeichnetes Haus genau gleich aus. Keine Phantasie war da zu sehen, sogar die obligatorischen zwei Krähen flogen auf allen Blättern von oben links ins Bild.»

«Ein Haus ist ein Haus, Krähen sind Krähen. Wenn alle das richtig zeichnen, sind eben die Zeichnungen gleich.»

Ich warf ein, dass der Sinn des Zeichenunterrichtes nicht darin bestehe, dass die Schüler ein Haus zeichnen lernen, wie die Lehrerin es ihrerseits von einem damals wohlbekannten Lehrerlehrer namens Witzig gelernt hatte, nämlich so:

«Sondern?»

«Die Schüler müssen ihren eigenen Kunstsinn entdecken und die Welt so zeichnen, wie sie ihnen vorkommt. Sie sollen sich vom Schematischen befreien dürfen und die Lust am eigenen Gestalten entdecken.»

«Das brauchen sie in ihrem ganzen Leben nicht. Sie sollen gute Schreiner, Zigarrenmacher, Bauern, Näherinnen, Hausfrauen oder Maurer werden. Das sollen sie.»

Und kaum hatte das der Kaminfeger gesagt, da wurde ihm bewusst, dass am Nebentisch ein Maurer sass, der nicht Maurer war sondern Maurer hiess, kein beliebiger Maurer-Maurer sondern der ganz besondere Kunstmaler Maurer, Eugen Maurer. Der hatte der Sache schweigend und nicht ohne Schmunzeln zugehört. Nun schauten ihn plötzlich alle an. Man erwartete von ihm ein fachmännisches Wort. Aber er schmunzelte nur weiter, versteckte sich nicht einmal hinter einem Schluck Roten aus seinem Glas, sondern schmunzelte nur.

Da sagte also dieser Kaminfegermeister, der die Bedeutung des Zeichenunterrichtes eben noch so selbstsicher und unbeirrt erklärt hatte, einschränkend: «Das sei natürlich für jene Kinder anders, die später Kunstmaler werden wollten. Die müssten wohl ein Haus auf verschiedene Arten zeichnen können». Fragend und gewissermassen um Vergebung heischend, schaute er Eugen Maurer, den Kunstmaler an.

Der nickte freundlich und sagte: «Jedenfalls ist Coelestine eine sehr gute Lehrerin.»

So blieb die Kirche im Dorf und niemand war verletzt. Friedlich wurde die Dämmerung zur Nacht. Die Sterne kamen über dem Lindenberg auf. Schräg gegenüber, jenseits der Strasse ahnte man dunkel das Hegihaus. Es hatte in dieser Dunkelheit weder Zaun noch Baum noch flogen da Krähen. Und doch wussten alle: da ist ein Haus.

Coelestine, die tüchtige Lehrerin, schlief längst.

Der Maler Maurer

Er wohnte in einem eigenartigen Häuschen am unteren, offenen Ende einer kleinen Waldklus. Unten, zum Strässchen hin, standen gemauerte Steinstelzen, die das ganze trugen. Hier bewahrte er ein Fahrrad auf, das ich ihn nie benutzen sah, ein kleines Leiterwägelchen für grössere Einkäufe und etwas Lattenholz, diesen oder jenen Grümpel noch dazu. Eine Aussentreppe führte steil und unbequem zur Haustür, hinter der gleich sein Schlafzimmer lag und nichts sonst auf diesem Stock. Im nächsten gab es die Küche und einen Raum für seine Farben und Geräte. Noch ein Stockwerk höher erst nahm sein Atelier die ganze, kleine Grundfläche ein. Noch einmal höher wäre ein Estrich zu benutzen gewesen, wenn man ihn benutzt hätte. Aber auch diese höchste Ebene des Turmhäuschens kam nicht über den steilen Abhang in seinem Rücken hinaus. Die Erde war so zäh, wie sie im festen Lehm über Sandstein nur sein kann. Früher hatten hier denn auch nicht Menschen gewohnt. Ein kleines Ölstampfwerk war es gewesen, getrieben vom hölzernen Rad im Bach, der aus dem Tobel kam. Aber die Ölmühle hatte sich überlebt, jemand machte das Stampfihüsli bewohnbar, jemand stockte es auf, jemand tat nochmals Höhe dazu.

Nun wohnte Maurer darin, der schon betagte Künstler. Er, der Bilder malte. In der weiteren Umgebung, in den Städtchen und in den Städten hatte er Ruf und Bedeutung. Der Maler Maurer war dort eine Persönlichkeit, nicht aber im Dorf. Seine Bilder zeigten die Dinge in eigenartigen Farben und Formen. Hat jemand schon eine Mondsichel als verschwommenen Orangenschnitz gesehen?

«Soll das der Mond sein?»

«Sie sagen es, es ist der Mond.»

«Der Mond ist anders, ganz anders.»

«Wie ist der Mond?»

«So ist der Mond.» Der Mann aus dem Dorf zeichnete auf der Jasstafel in der Gartenwirtschaft eine schöne, klare Sichel. Er füllte sie weiss aus. «So ist der Mond!»

«Ihr Mond mag so sein, meiner ist anders. Meiner gleicht, ich gebe es zu, einem verschwommenen Orangenschnitz.»

Sie schauten zum nächtlichen Himmel, der sich über der Gartenwirtschaft sternenbesät wölbte. Aber es war Neumond, das strittige Gestirn entzog sich für heute der Überprüfung. So nahm Maurer einen Schluck Rotwein aus dem Glas und der Mann aus dem Dorf schenkte sich wieder Bier ein. «Ja, ja, die Kunst,» sagte er noch. Maurer hatte darauf nichts zu erwidern. Sie sassen schweigend. Die Nacht war lau und beide fühlten ihre besinnliche Tiefe. Da war nichts mehr zu sagen und über nichts mehr zu streiten. Sie verstanden sich. Die Kunst trennte sie nicht, mochte der Mond nun eine weisse Sichel oder ein sanft gefärbter Orangenschnitz sein.

Auch diese nächtliche Betrachtung trug sich in der Gartenwirtschaft zu, die kiesbestreut zum «Seethal» gehörte. Wir wollen aber sogeich ein weiteres Gespräch anfügen, das hier an einem andern milden Abend an eben derselben Stelle stattfand. Die Einleitung dazu gab ein mehr im Bereich der Logik angesiedelter Exkurs des schon mehrfach erwähnten Krämersohnes. Wie folgt berichtete er:

Ich und du

Als ich noch klein war, pflegte ich die Sätze, in denen ausser mir noch andere Leute vorkamen, stets mit ich zu beginnen: Ich und Erich, ich und mein Vater, ich und du. Mir scheint, alle Kinder tun so und man muss ihnen die

Bescheidenheit erst angewöhnen, den andern auch im Sprachgebrauch den Vortritt zu lassen: Erich und ich, mein Vater und ich, du und ich.

Anderswo mag das mit guter Erklärung geschehen. Nicht so bei uns. Vater, Mutter, Lehrer, ältere Schüler, wer auch immer, sie korrigierten die Verstösse, indem sie sagten: «Aha, der Esel voran!» Niemand will ein Esel sein, so nahm man sich eben zusammen: Erich und ich, mein Vater und ich, du und ich. Die Sache ging ein, die Fehler verloren sich.

Dann aber kamen mir Bedenken: Einen kleinen Schüleraufsatz sollten wir nämlich schreiben: Der Sonntagsspaziergang. Nun war es so gewesen, dass zwei in der Familie vorn marschierten, nämlich mein Vater und ich oder nach falscher Lesung auch: ich und mein Vater. Lange sann ich da nach und tat mich schwer. Dann aber schrieb ich in vollem Bewusstsein dessen, was ich schrieb: «Ich und der Vater machten den Anfang…»

Der Lehrer strich das an und rügte vor der ganzen Klasse: «Der Esel voran! Alle haben es langsam begriffen, nur du nicht!»

Da stand ich trotzig auf in meiner Bank und rief hinaus in das Zimmer und hinaus durch die Fenster in den Schulhof und ins ganze Dorf und in die ganze Welt: «Mein Vater ist kein Esel!»

«Was soll das? Niemand behauptete irgend etwas dergleichen.»

«Doch.»

«Nein. Benimm dich!» Lehrer und Haselstock näherten sich langsam, aber bedrohlich.

«Der Esel voran! So heisst es die ganze Zeit. Auch jetzt wieder. Wenn es nun um mich und meinen Vater geht, dann bin ich der Esel, nicht er. Ich will zwar auch keiner sein, aber doch noch lieber als er. Und wenn schon der erste in der Erwähnung der Esel ist, dann soll das sicher nicht auf meinen Vater treffen. Ich bin der Esel, nicht er!»

Die Schläge unterblieben. Die Sache soll dann abends in den Wirtshäusern verhandelt worden sein: «Esel vorn? Esel nicht vorn?» Sie kamen zu keinem Schluss. Keine der wirklich grossen Fragen der Menschheit ist je entschieden worden.

«Keine der wirklich grossen Fragen der Menschheit ist je gelöst worden. Recht haben Sie,» das sagte jener Herr Maurer, der kein Maurer sondern ein begnadeter und anerkannter Maler war.

Die Grosszügigkeit der Grossen

Man sass in dieser lauen Zeit bequem in Hemd und Hose. Aber seiner Gewohnheit gemäss hatte Maurer nur den zerknitterten Rock über die Stuhllehne gehängt und die Weste, altmodisch und hierzulande wochentags überhaupt nicht mehr in Gebrauch, anbehalten. Aber ihre Knöpfe standen offen und die leise, sanfte Abendluft konnte durch Tuch und Hemd die blosse Haut beleben.

Sie sassen zu dritt am Tisch und bewegten gelegentlich die Beine im Bodenkies. Ausser dem Kunstmaler auch der Spengler, den man einen Fischnarr nannte, weil er alle Weiher im Umkreis einer halben Fahrstunde mietete und mit den und jenen Flösslingen besetzte. Und der ganz gegen die Standesvorurteilende kurz redende Haar- und Bartschneider. Da sassen sie und genossen die Milde des Abends.

Der alte Maler trank an seinem Magdalener, der Fischnarr hatte schon seinen dritten Kaffee. Vor dem Coiffeur stand ein halbkühles Bier. Aus dem Keller wollte er es haben aber nicht vom Eis. Und so wollte er es sowohl im Sommer wie auch im Winter. Und noch eine Eigenheit hatte er mit dem Bier. Er trank es aus dem kleinen Zweideziglas, während sonst das Dreideziglas üblich war und Grossdurstige sogar den Halbliterkrug verlangten.

Der Fischnarr taute plötzlich aus seinem Sinnen auf und erzählte, wie die Hechtlinge im Birrwiler Feuerweiher gut gediehen. Aus fingerlangen Fischchen seien wunderschöne Gefrässlinge geworden in doppelter Länge und vierfach im Gewicht. Übers Jahr könnten sie – nein doch im andern Jahr erst, aber da ganz gewiss – das Fangmass erreichen. Und er erging sich über seine Fische, wurde breit in der Schilderung und steigerte sich in ein Entzücken hinein, das ihm das Wasser in die Augen trieb und er wollte unbedingt eine Flasche richtigen Burgunder bestellen für sie drei. Er verlasse den Kaffee, der Maler solle seinen Magdalener stehen lassen, der Coiffeur sein Bier. Aber da sich ihm die beiden nicht anschliessen wollten, unterblieb die Bestellung zunächst.

Auch der Coiffeur verstand etwas von den Fischen. Er brachte mehr Hechte und Barsche aus dem See, als er je zugegeben hätte. Man könnte ihm die Jahresgebühr erhöhen, befürchtete er. Der Maler Maurer indessen hatte zu diesen Wassertieren einen andern Bezug. Er malte sie gerne und oft, allerdings so, dass weder der Coiffeur noch der Spengler noch andere Praktiker jemals zugaben, sie würden die Fische auf den Bildern erkennen. Das störte den Maler nicht. Wenn sie seinen Mond als Orangenschnitz bezeichneten, mochte ein Alet für einen Rötel und ein Aal als Köderwurm hingehen. Aber da sie nun einmal von den Fischen redeten, redeten sie von den Fischen. Und sei es aus Trotz oder aus andern Gründen, der Spengler bestellte eine Flasche Flaschenwein, nicht Literwein, wie es hier sonst üblich war: Und es handelte sich um Pommard und er war so teuer auf der Karte, dass sich der Maler und der Coiffeur schämten, davon zu nehmen. Aber der Magdalener war leer geworden und das Bier auch. So tranken sie eben doch vom Pommard des

Spenglers und er bestellte bald eine weitere Flasche und das Gespräch betraf weiter die Fische und die Wirtin hatte noch mehr Pommard. Und es begab sich, dass alle drei angeduselt waren und der Fischnarr ins Weinerliche geriet. «Erwachsene Männer sind wir. Im reifen Alter sind wir. Aber wir kennen kein Mass mehr und trinken wie die Rekruten.»

Auch dem Coiffeur gingen wohl ähnliche Gedanken durch den Kopf. «Schaut zum klaren Himmel auf! Alle die Sterne! Und der Himmel ist hoch und weit und nüchtern. Die da oben sehen uns jetzt zu. Was sollen sie von uns denken?»

«Lasst uns nach Hause gehen,» sagte der Spengler und Fischnarr, der in seine kleinen Hechte verliebt war. Demütig wollen wir und reuig unseren Heimweg antreten.»

Sie standen umständlich auf, der Maler Maurer am langsamsten und ihn schien als einzigen kein Gewissen zu plagen. «Schaut nochmals zum Himmel auf! Gross müssen die sein, die da oben wohnen. Wir sind nichts gegen sie, erbärmliche Gesellen sind wir. Und ich glaube daran, dass die da oben gross sind.»

Und dann fügte er noch hinzu: «Gross sind sie und deshalb auch grosszügig. Sie werden uns diesen Wein und diesen Abend nicht vorwerfen.»

Zufrieden gingen alle drei nach Hause.

So gingen im Wirtshaus zum Seethal diesen Sommer und auch im anbrechenden Herbst noch viele Geschichten über die Tische, bis einmal der Operettenfils sagte: «Eigentlich ist hier nie eine

Liebessache

ausgebreitet worden und es hat sich auch keine ereignet. Warum nicht? Wenn ich an das «Weisse Rössel» zurückdenke, wo sich die wackeren hiesigen Mitspieler so sehr in ihre Rollen und Partner einlebten, so sehr, dass nach den Proben der umworbene Heldentenor schliesslich regelmässig von seiner besorgten Ehefrau abgeholt wurde. Wenn ich an all das denke, warum wird hier nie Derartiges erzählt, oder noch genauer, warum ist hier in dieser Wirtschaft auch nie etwas von der zarten Sache geschehen?»

«Manche verliebten Pärchen haben doch hier auch ihren Halben zusammen getrunken,» meinte der alte Vater Bösiger. «Ist das nichts?»

«Ja, und dann haben sie sich verlobt und dann haben sie geheiratet und blieben eine Weile aus, bis dann der Mann wieder allein kam und in unserer Runde gewissermassen geläutert aufgenommen wurde. Sind das Liebesgeschichten?»

Man zuckte die Achseln. Max, du hast doch die Augen offen! Ist da nun nicht irgendwann einmal etwas Feinfühliges, zuschmiegsames geschehen? Etwas von der romantischen Art? Der Operettenfils begann zu singen, da er aber kein Opernfils sondern ein Operettenfils war, sang er nicht «bei Männern, welche Liebe fühlen», sondern «es muss was Wunderbares sein, von dir geliebt zu werden». Ralph Benatzky hatte gegen Mozart samt Schikaneder keine Mühe. Wo das Weisse Rössel steht, da braucht man keine Zauberflöten. Er sang und man liess ihn singen, obwohl er es auch in der Operette nur zu Sprechrollen gebracht hatte. Da allerdings verstand er sein Handwerk und keiner tat es ihm auch nur annähernd nach.

Als er geendet hatte, drang ein anderer in Max Bösiger. «Sei nicht so diskret! Erzähle etwas!» Aber der wehrte ab. Er sei ein Wirt und Bauer und habe für die Liebesdinge von Gästen weder Auge noch Ohr. Aber vielleicht seine Frau Margrit. Sie wurde gerufen, sie kam. «Erzähle etwas von Romanzen, die hier im Wirtshaus zum Seethal geschahen!» Sie wich aus, sie drehte und zierte sich, kam aber nicht um eine

Liebesgeschichte

herum. Na also dann, begann sie: Ein gewisser Gast, seinen Namen nenne ich nicht, kam gelegentlich hierher. Gelegentlich nur, wie ich sagte, denn er gehört zu den Auswärtigen. Er kam immer allein. Aber einmal hatte er ein wunderhübsches junges Frauchen bei sich und sie gefiel nicht nur durch die Anmut ihres Gesichtes und ihrer Gestalt, sie tat sehr manierlich und jeder mochte sie gut. Mit diesem Frauchen, wir wollen es Aennchen nennen, wie sie aber überhaupt nicht hiess, mit diesem gefälligen, liebenswerten Frauchen kam er dann immer wieder. Man hatte den Eindruck, dass sich die beiden gut verstanden, wenn ihr wisst, was ich meine. So ging das eine gute Weile, aber dann kam er wieder allein und so ist es seither geblieben. Allein kommt er seither wieder. Ich fragte ihn einmal: «was macht das Aennchen? Er war ein wenig traurig, als er antwortete, er wisse es nicht. Das ist die ganze Geschichte.»

«Das ist die ganze Geschichte? Fürwahr gerade aufregend kommt sie mir nicht vor: Ein Mann kommt mit einem Mädchen, dann kommt er wieder allein. Einen trockeneren Liebesroman habe ich meiner Lebtag noch nie gelesen oder gehört.»

Aber Margrit war aufgestanden. Sie fügte ihrem Bericht nichts hinzu und ging wieder ihrer Arbeit nach.

Die Gäste waren enttäuscht und wandten sich nochmals an Max: «Weisst du wirklich auch nicht mehr?»

«Nein, aber jeder kann sich da ja ausmalen, was er will. Wo bleibt eure Phantasie?»

So spinntisierte jeder in seiner eigenen Art darüber nach, was sich hinter dieser dürftigen Schilderung wohl verbergen möge. Wie romantisch oder vielleicht sogar erotisch die wahren Gegebenheiten gewesen waren hing nun von der Vorstellungskraft der Gäste ab, die eine ganze Weile schwiegen. Dann ging die Runde langsam auseinander.

Die Zeiten halten nicht inne. Aus dem Herbst wurde ein Spätherbst und die Wirtschaften kündigten land-auf, landab

Metzgete

an. Im Wirtshaus zum Seethal war eine Metzgete eine besonders währschafte Sache. Die Stammgäste gingen zu diesem Anlass und auch weitere Kenner von nah und fern. Eine Bratwurst ist noch lange keine Bratwurst, Speck braucht nicht Speck zu sein, Rippli nicht Rippli und wer sich in die Beschreibung der Blut- und Leber-würste versteigt, der kommt aus dieser verführerischen Tätigkeit nicht mehr heraus. Kann mir nur einer denn sagen, welche Art der weissen Weinbeere in den grauen Darm der krösigen Leberwurst gehört? Oder erzähle man mir von den festen, mittelgrossen Kartoffeln aus eigenem Acker, die das Sauerkraut säumen und weder hart noch mehlig sein dürfen? Willst du etwa, zufälliger Wanderer im Seetal, zwischen Urgenta, Pintje, der alten Böhms, dem staubigen Ackersegen, den holländischen Mäusen, den Fortuna-Arten, der Industrie oder der gros-sen Idaho entscheiden? Oder ist vielleicht die Agria gefällig, obwohl ihre mehlige Substanz eher der Suppe zuwandern sollte, desgleichen die Christa, die Matilda und die Désirée. Wie loben wir uns da die festfleischi-gen Charlotten, die rundlichen Granola, die ins Rote

179

spielende Nicola, die Röstikartoffel Ostora, ihre Schwester Sirtenes und die unvergessliche Stella!

Ach wären doch alle die Mädchen, die man unter diesen einladenden Namen kannte, so knusprig und wohlmundend gewesen wie ihre Erdäpfelschwestern! Wenn du diese Kartoffelwissenschaft gelernt hast, Wanderer im Seetal, ruft dich schon die nächste Schule: Wie stellt man aus welchem Kohle welches Sauerkraut bereit? Wie steht es mit dem Salz und der gar gerne zu unbedarft eingestreuten Räckolder unter dem Holzdeckel? Wo liegt die mundige Mitte zwischen sauer und lahm?

Die Kunst der Schweinswürstchen gedeiht im stillen Geheimnis. Nur dass da im Räucherkamin nichts anderes als der trockene Dunst älterer Eichen aufsteigen darf, ist dem Aussenseiter bekannt. Wehe dem Bauern oder Wirt, der sich zur Räucherung etwa einer Eibe bedient – die Menschengedärme sind für solches nicht eingerichtet. Würgend liegen dann die fehlbewursteten Leiber in den Spitälern herum von Hochdorf über Menziken bis hinunter ins überforderte Aarau. Sie werden auf Alterskolik behandelt, auf Jugendkolik, auf Hinkende Torpe, auf den gastrischen Fehlsinn. Es braucht seine Zeit, damit sie überleben. Ärzte schütteln den Kopf, aber sie haben dort, wo sie studierten, in Zürich, Heidelberg, Berlin, Bologna, Zagreb, Brünn, Denver und Toronto nie von eibengeräucherten Wursthäuten gehört oder gelesen, sie üben ihr Metier gewissermassen ausbildungslos aus. Dabei wäre dem Eibenrauchkranken so leicht zu helfen: einen Esslöffel Aaronenschnaps in einen gewöhnlichen Trester gegeben, statt des Frühstücks dann auf nüchternen Magen eingenommen – und schon entschreiten die vordem noch Kranken dem verblüfften Siechenhaus.

Aber derlei war bei einer Metzgete im Wirtshaus zum Seethal nie vorgekommen. Nie! Nie! Wieviele Würste hat denn Emilio hier verzehrt! Hat man ihn je krank erlebt, den Wurstesser?

Ich weiche ab. Darf ich noch als zuverlässiger Zeuge gelten, wenn ich anderes als das Nötige berichte, allerdings auch dieses in Wahrheit?

Metzgete! Das eigene, duftende, dunkle, schmatzmundige Brot wurde schon erwähnt. Niemand wird bestreiten, dass man mit seiner dreitägigen Rinde jene Kaninchen füttert, die im Winter den schärfsten Pfeffer ergeben. Bis ins Pfälzische hinunter ist die Kunde zu Leuten gedrungen, die wohl ihrer Zunge trauen mögen, nicht aber ihrer kulinarischen Allgemeinbildung. Wenn sie da in Mainz oder Kaiserslautern bei ihrem beliebten Saumagen sitzen, da sagt manch einer: «Wir essen hier ein gutes Vieruhrbrot. Den Saumagen wollen wir nicht missen. Sollte aber jemand das Gelüste anders steigen, dann wird er im Wirtshaus zum Seethal, tief in der Schweiz einen vorzüglichen Hasenklein bekommen.» Lieber Leser, wir beide wissen, der Hase ist ein Kaninchen, und der Klein ist ein Pfeffer.

Das gibt es jetzt zur hohen Zeit der Metzgete nicht. Aber auch bei allem Schweinefleisch sei der Rinder nicht vergessen! Die Brühe daraus kannst du hier jetzt ebenso leicht bekommen wie das Gesottene selbst. «Mager soll es sein!» rufen manche und ihr Begehr wird erfüllt. Aber wir andern zwinkern mit den Augen, was wir sonst selten tun, und bekommen die schön fettbehangenen, weichen, lobmundigen Stücke. Wenig Senf und nur vom mildesten wenden wir an, wenn wir den Bissen geniessen.!

Die Brühe selbst aber! Ja, da ist alles drin, was nicht fehlen darf, gleichzeitig werden die neuen Moden aber vermieden. Die roten schönen Rüben, die Sellerieknollen, die harten Kabisstorzen, des Lauches selbstbewusste Stengel – sie lassen sich beim Genuss erahnen. Spärlicher die Zwiebel, noch weniger der Knoblauch, der Lorbeer und die Nelke. Und doch sind sie da. Niemandem sei verraten, dass ausser Liebstöckel, Petersilie und Schnittlauch auch ein verbotenes Räuschchen Curry in die Pfanne geriet. Curry gehört nicht hierher. Curry wird bestritten und abgelehnt. Curry ist fremd und des Teufels. Beschimpft wird der Curry, aber ein ganz klein wenig verwendet wird er auch, so zart allerdings nur, dass man seinen Geschmack nicht herausriecht. Wer hat aus der Küche geplaudert? Jedenfalls drang ein Gerücht zu Herrn Dr. Walther, der seinen Ohren nicht traute: «Max,» befragte er den Wirt, «stimmt es, dass ihr die Fleischsuppe mit Curry kocht?»

«In der Fleischsuppe ist Fleisch. Der Name sagt es. Wintergemüse ist mitgekocht worden. Kohl, Kabis, Sellerie, Kohlrabi, rote Rüben, Lauch, was willst du noch? Zwiebeln. Ein Dorn Knoblauch. Was willst du noch?»

«Und Curry?»

«Ich bin nicht der Koch. Frag meine Frau.» Der gelehrte Herr Doktor rief nach Margrit. Aber sie hatte den Wortwechsel über den Curry mit einem Ohr gehört und niemand gibt gerne Geheimnisse preis, schon gar nicht so intime. Also schützte sie Arbeit vor, die ja auch reichlich anlag, und entzog sich weiteren Fragen durch die Flucht in die Küche. Dr. Walther, mit einem roten Stück Rippli beschäftigt, vergass sein Anliegen.

Es ging nun lauter zu in der Wirtschaft. Jacky Mouse war eingetroffen mit seinem unüberhörbaren Organ. Der schweigsame Hermann Karrenrud, Dambach Kari mit dem dorfgängigen Moped, der Generalstabsoffizier Daniel und der fremde Mann mit dem schönen Aennchen. Titus trank Tee und zögerte mit der Bestellung zum Essen. Von Emilio war nichts zu hören, er ass an seiner Wurst und war zufrieden. Der Gloorbüebu, in all den Jahren auch nicht jünger geworden und auch nicht besser rasiert, der Gloorbüebu sass neben Hegi-Hans, von dem man die Füsse unter dem Tisch nicht sah. «Er geht neben den Schuhen,» wusste man, aber zu beweisen war das heute Abend nicht. Der weitgereiste Sprachgelehrte Professor Hofer ass mit seiner Frau mildes

Sauerkraut, feste Kartoffeln und grünen Speck, Rauch-
schinken und gesottenes Rindfleisch, das einen Teil seines Geschmacks an die Suppe hatte abgeben müssen,
dafür nun aber auch nach dem kräftigen Suppengemüse
roch. Insbesondere sei der Lauch aus dem Siedfleisch
wohlgefällig herauszuriechen. Hürlimann sass übellaunig
in einer Ecke und vertrieb die Negretti-Gritte, obwohl sie
neuerdings doch mit ihm verheiratet war. Sie habe hier
nichts zu suchen. «Was meinst du?» fragte er den Roth
Aeni, der zwischen den Wurstbissen an seiner Pfeife zog.
Auch dieser Ehemann nahm seine Frau selten in die Wirtschaft mit. Hürlimann konnte, wenn irgendwo, dann bei
ihm Zustimmung finden. Aber Aeni äusserte sich nicht.
Wer eine Wurst isst, Sauerkraut dazu, und auch noch für
die Glut seiner Pfeife Sorge tragen soll, kann nicht auch
noch in Ehefragen beraten. Unwirsch zahlte Hürlimann
und ging. Die Menschheit verstand ihn nicht.

Dafür aber war jener Fischer hereingekommen, der wusste, wie man aus Aalhäuten Krawatten macht. Seine
Frau begleitete ihn und sie wusste, wie man aus Fischen
essbare Leckerbissen zubereitet. Auch der Fremdenle-
gionär zeigte sich. Aus angelernter Vorsicht drückte er
sich beim Eintreten sofort neben die Türe und schaute
sich um. Die Kontrolle fiel offenbar befriedigend aus. Er
fand einen Platz mit dem Rücken zur Wand und dem
Blick zur Tür und zum Küchendurchgang.

Laut gingen die Geräusche durch die Wirtsstube,
obwohl da auch einige schweigsame Gäste sassen: der

philosophische Maler Maurer, der fischende Coiffeur, der nichtfischende Fischnarr. Der Krämer aus der Fremde. Auch der Generalstabsoffizier schwieg und der Fremde mit seiner schönen Freundin, Herr Robert ass vornehm etwas Markbein und wenig Räucherspeck. Nicht schweigen konnten oder wollten der Operettenfils, der Käser vom Berg, der gescheite Zimmermann und ich, der ich sonst nicht viel sage, heute aber doch dies und jenes anzumerken hatte.

Mehrere Männer hatten diesmal ihre Frauen mitgenommen. Aber wo der Mann schwieg, schwieg auch die Frau, und wo der Mann redete, hielt auch sie sich nicht zurück.

Ich rief Max an unseren Tisch: «Stimmt es, dass ihr das Wirten aufgeben wollt?» Plötzlich war es still rundum. Wer noch weiterredete, wurde angestossen.

«Margrit komm!»

Und dann sagte Max: «Es stimmt. Wir werden aufhören. Ich bin kein Hochzeiter mehr und auch Margrit hat genug gearbeitet für zwei Leben. Wir hören auf.»

Und Margrit fügte bei: «Ihr wisst ja auch, wie es um unsere Gesundheit steht. Sie könnte besser sein.»

Die Stille dauerte an, bis schliesslich jemand fragte:

«Wann?»

«Sobald wir Nachfolger haben. Bald.»

Es wurde eine traurige Metzgete. Die Leute assen sinnend aus den Tellern, wenig Magdalener floss, Bier schon eher mehr. Aber weit vor der Zeit ging Gast um Gast, bis Margrit und Max allein in der unaufgeräumten Wirtsstube standen. «Ich glaube, das waren alles auch ein wenig Freunde,» sagte Margrit und schnupfte am Weinen herum.

«Ja. Komische Vögel, fast alle. Aber doch so etwas wie Freunde.» Auch er hatte Augenwasser.

Es gab zu gegebener Zeit einen Austrinket. Die neuen Wirtsleute wurden vorgestellt. Sie wollten das Wirtshaus zum Seethal in der alten, bodenständigen Art weiterführen. Es gab einen Antrinket. Das neue Wirtepaar fand Gnade vor den komischen Vögeln, die nun einmal die Beinwiler sind, wenn sie in eine Wirtschaft gehen. So besteht das Gasthaus auch heute noch und alle von denen, die hier als frühere Gäste verzeichnet sind, verkehren weiterhin im Wirtshaus zum Seethal, es sei denn, der Tod habe sie ereilt. Und willst du den einen oder andern davon selber kennenlernen, von den Lebendigen natürlich, so gehe dahin und höre zu. Bestelle einen Zweier Magdalener, oder einen Halben Kalterer oder eine kühle Flasche Bier. Wappne dich mit Geduld. Hörst du einen Schnauzmann «Wurst» rufen, so ist es Emilio. Sollte dir aber einer eine Geschichte erzählen, so lauter wie das Wasser im Teufibach, so wahr wie die Eichung der Gläser und so alt wie der Geist, der einstmals mit grauem Bart vom Homberg herunterkam, um die

Milchwässerer zu strafen, also wenn einer dir dann derartige Geschichten erzählt, dann schau ihn gut an: Das bin ich. Zum Lobe von Margrit und Max habe ich berichtet und zum weithin leuchtenden Rufe des

«Wirtshauses zum Seethal»